一発の銃弾

著 罪様3号

ごま書房新社

一発の銃弾――目次

登場人物……7人の同級生

芳賀寛之（はが・ひろゆき）　通称「ヒロクン」　主語「俺」
柏原アキラ（かしわばら・あきら）　通称「ダメイケメン」　主語「おいら」
橘瞑花（たちばな・めいか）　通称「不良少女」　主語「ウチ」
剛田隼人（ごうだ・はやと）　通称「班長」　主語「オレ様」
見江海晴（みえ・みはる）　通称「ミエハル」　主語「僕」
円城寺姫南（えんじょうじ・ひめな）　通称「お嬢様」　主語「私」
篠原友美（しのはら・ともみ）　通称「眼鏡女子」　主語「あたし」

装丁◉中田薫（EXIT）
ＣＧ◉西岡純也
制作◉フォルドリバー

0人目

一発

芳賀寛之

たとえ以前から兆候が見られていても、具体的にいつどの瞬間にやってくるのかは誰も教えてくれない。あとになってから、

ああ、あれがそうだったのか……、

と思い出し、後悔の念が渦巻くのだ。俺たちはいつだって、どれだけ警告されても実感なんて湧かなくて、いざそのときになってから、慌てて動き出すことになる。

それは、初冬にしては寒い午後のことだった。俺がロッテリアで絶品チーズバーガーを食べ終わり、タブレット端末で小論文を書こうと腕をまくったときだ。

そのタブレットに、ＬＩＮＥ公式からメッセージが飛んできた。

俺は目を細める。運営からのメッセージなんて珍しい。

隣の大学生らしき男性も、自分のスマホに反応していた。逆側のポテトをつまんでいたＯＬ風の女性もだ。正面にいる老人は大きく目を見開いている。まさか、全国一斉送信か。

嫌な予感が脳裏をよぎる。かつてＬＩＮＥ公式が厚労省と連携し、全国民にアンケートを実施したのは俺が高校を卒業する直前のことだった。

新型ウイルスに伴う全国調査。多くの人が正直に答えた結果、人権が無視され、一時的とはいえこの実験都市フクツマも完全封鎖によってゴーストタウンの様相を呈した。おかげで卒業式もネットのオンラインで行われる運びとなり、楽しみにしていた卒業旅行も取りやめ、大学の入学式もデジタル世界で行われる運びとなった。とはいえ、それによってフクツマは、新型ウイルスの侵入を唯一阻む

ことに成功した都道府県となった。

新型ウイルスは世界的な大混乱を引き起こし、未だ復興のメドが立っていない国もある。そんな中、フクツマがほとんど無傷でいられるのは、〝あの政党〟がまた強権を発動してくれたおかげだと言う向きもある。

だが、俺はそう楽観的に考えることはできなかった。

あの政党は、正直、得体が知れないにも程がある。新型ウイルスが撒き散らした混沌を、あの政党はさらに利用し、さらなる混沌を撒き散らそうとしているのではないか……。

そう思っていた矢先に、これだ。

俺はタブレットに目が釘付けになった。体の内側からカァーッと熱くなり、だというのに微動だにできなかったとき、右隣の若者が叫び出すのが、この場の誰よりも早かった。

「可決されたぞ！」

どこか喜色の混じる声だった。見てみると口元がニヤついている。俺にはそれが狂気的な笑みに見えた。

その若者に対抗するように立ち上がったのは、七十前後と思われる老人だった。

「ふざけるなっ。こんな法律が許されるはずないだろ！　国が壊れてしまうぞ！」

しかし若者はスマホを向け、勝手に動画を撮り出した。

「おまえらの時代は終わりだよ、クソじじい！」

その挑発に老人はカッとなってしまったのだろう。トレイを掴み上げ、動物園の猿のようにテーブルに叩きつけた。カップからこぼれたコーヒーと思われる液体が雨のように降り注ぐ。

俺は咄嗟に身を低くして防御姿勢を取った。しかし近くにいた女子高生くらいの女の子が「あっつ！」ともろにコーヒーが掛かったようだった。

大学生は嬉々としながら、老人にスマホカメラを向け続ける。周りの迷惑を考えず、ネット上に広く晒してやろうという意地汚さが見えていた。

ネット上では若者たちからの不満が渦巻いている。世の中は老害ばかりで、邪魔で仕方がない。老害を排除する仕組みが必要だと。

実際、新型ウイルスによって老人が死にやすいとわかったときは、若者たちはあろうことかそのウイルスを「老人駆除剤」と呼び、平気で外出して感染の拡大に寄与した。

老害は死すべし。本気でそう思っている輩が無数にいるのだ。

巻き込まれたくはなかった。俺は荷物をまとめると、一目散にイートインコーナーを飛び出す。同じように、何人もが次々と逃げ出している。

我先にと逃げ出す——まるであの日と似ていた。

十年前にフクツマを襲った大地震と、その後の大津波……。

ある意味では、あれに勝るとも劣らない衝撃が襲ってきたのだ。

――『一発の銃弾法』

まさか可決されるとは思わなかった。まさかここまでやるとは思わなかった。民営党。

いったいどこまで、強権を発動すれば気が済むのだ。いったいどこまで、日本を掻き乱せば気が済むのだ。

俺たちは今、どうやら歴史の転換点にいるらしくて……。

誰も気に留めないような小さな政党。いつ結成されたのかも、設立メンバーもわからないような、本当に目立たない政党だったようだ。

それがブロードバンド時代の幕開けに伴い、急速に存在感を増してきた。ツイッターやインスタグラムといった新しいメディアの黎明期。そこで大きな攻勢をかけ、この腐った世の中を打ち倒すという過激な物言いでネット人気が出て、瞬く間に議席を増やしていった。

そして二〇一〇年、自民党に愛想を尽かせた国民が、次に選んだのがこの「民営党」だった。野党は信用できず、自民党もダメ。民営党は漁夫の利が転がり込んできた格好となった。

とはいえ、国民はあまり期待していなかった。血気盛んな若い政党なら、ひょっとすると、ひょっとするかもしれない――なんて、軽い気持ちもあったのだろう。

そこで思わぬ事態が起きた。

3・11
東北地方太平洋沖地震。

マグニチュード9・0という日本の観測史上最大規模の大地震と、それに伴う大火災、そしてあらゆるものを飲み込んでしまった津波は、日本だけでなく世界を震撼させることになった。

そしてもう一つ、大きく注目されたのは福妻原子力発電所だ。ヘタをすればチェルノブイリの再現、レベル7の放射能漏れもあり得る。最悪の場合は関東を含めた東日本全体を放棄する必要が出てきてしまう。日本崩壊の危機だった。

一分一秒を争うこの国難に、民営党はどうする？　総理は？

そして、ある男が総理に耳打ちしたエピソードが有名となる。男は総理にこう助言した。

『今、福妻原発に乗り込めば、国民に強いリーダーとしてアピールできますよ』

国の存亡をかけた瀬戸際で、たった一つのミスも許されない極限の状況下で、民営党のトップにして総理大臣の男は、その助言を実行に移したのだ。

『私自身が福妻原発に乗り込んで現状を把握し、命を賭けて日本を国民を守ってみせます！』

なにもわからない総理は徹底的に現場の意見を大切にした。停電した原発に、現場の要請どおりに規格の合う発電機を支給。炉心の圧力を抜くための弁の開放に成功し、炉心温度は瀬戸際で下がり、かろうじてメルトダウンを回避した。

この手腕が、国民に大いに受けたのは言うまでもないだろう。支持率はうなぎ登りで、民営党の基盤は盤石となっていった。

そして震災によって崩壊した福妻県の太平洋側は、まず国が買い取って〝実験都市フクツマ〟とし、世界最先端の都市へと生まれ変わるべく大量の税金が投入されることとなった。


俺、芳賀寛之は、そうして故郷が劇的に変わっていくのを目の当たりにしながら育った一人だ。

フクツマでは年金が廃止され、ベーシックインカムの導入、教育の無償化などがかなり進んでいる。出産や保育手当も拡充されたため、他県から移り住んでくる人たちも多い。

一見、市民にとって喜ばしいことばかりが起きているように思える。

だが……。

俺は逆に不安な気持ちが増していく。民営党の強権発動は、もはや誰にも止められないところにまで来ているのではないか。

暴走――。ヒトラーのナチスもそうだった。最初は国民のための画期的な政策で、人類の歴史を遡っても非常に優れた福祉国家体制が築き上げられていた。それが、どこからか狂い、結果は誰もが知るとおりだ。民営党が似たようなことにならない保証など、どこにもないのだ。

俺が潮目が変わったと思ったのは、妊娠中絶の禁止が閣議決定されたときだった。これはレイプで妊娠させられた場合でも、中絶は禁止だ。アメリカの南部アラバマ州でも同じ法案が可決されたが、それはキリスト教の価値観が非常に強い地域だったからだ。しかしフクツマでそれが可決された、明確な理由を伴っていない。

──「こんな法律が許されるはずないだろ！　国が壊れてしまうぞ！」

あの大暴れした老人の気持ちも、だから俺はわからなくもない。

なんせ今回可決された『一発の銃弾法』は、妊娠中絶ともまた次元の違う、強烈な破壊力を持つ法案だからだ。

一つ、新成人にはそれぞれ成人の日に『白い拳銃』と『一発の銃弾』が渡される。

一つ、本拳銃を直接発砲、人の命を奪う、器物を破損しても、法的には不問とされる。

これが『一発の銃弾法』の要点だ。つまり──。

新成人は一発だけ拳銃を撃つことが許される。誰を撃っても、なにを撃っても、処罰は受けない……。

バカげている。

あまりにも、バカげている。

なぜ、民営党は、こんな法案を強引に通したのか。

わからない。年々、民営党の議員たちは露出を控えるようになってきた。メディアや国民に対する説明義務を蔑《ないがし》ろにするようになってきた。テレビで特集が組まれても出演しない議員たち。だからコメンテーターたちが想像を働かせるだけにしかならず、新聞や週刊誌も同じで、ネットの無責任な考察と大差ない状況だった。

いずれにせよ、法案は正式に可決された。こんなバカげた内容でも、現実になってしまうのは確実だった。

問題は施行時期だ。いったいいつから、どの世代から「一回だけ拳銃で撃っていい」ことになってしまうのか。

ロッテリアを出た俺は、スマホで速報を読み、唖然と目を見開いた。

一カ月後に迫った成人の日から、もう施行されるというのだ。

「つまり、俺たちの世代からか……！」

そう、俺は今年で二十歳になったばかりの新成人で。

どうやら年明けの一月から、「一度だけなら人を撃ち殺していい」ことになったらしい。

「おまえなら誰を撃つ？」

仲間たちまでが、俺の目を覗き込んでそう言ってきた。

1人目

仲間

柏原アキラ

およそ七年前、中学二年のときの出来事だった――。

「なあ、これ絶対、道間違ったよな」

と、班長の剛田隼人くんから言われて、おいらは「いやー、はっはっは」とヘラヘラすることしかできなかったね。

「迷っちゃった？　迷っちゃった？　こりゃ見事に迷っちゃってますねー、はっはっは」

「なんで笑いながら言ってんだよ、おまえ」

班長の隼人くんはすっかり呆れ調子。中学生にして身長180センチを軽く超え、プロレスラーみたいな筋骨隆々の彼も、溜息をついている。それでも、おいらはポジティブに行くしかない。

「いやでもしょうがないじゃないっすか。だって辺り一面は緑。木々と雑草。あるいは茶色い地面と腐った落ち葉。まともな道なんてどこにもない。笑うしかねえっすよ」

はっはっは、と後頭部に手をやって、まいったね、と苦笑しちゃう。

中学二年の春。ようやく新しいクラスに馴染んできたってときに行われた林間学校。

そのハイキングでこの様だ。

「アキラのことは放っておきなよ。どうせポジティブしか取り柄ねーんだから。このダメイケメン」

昨年も同じクラスだった不良少女――橘瞑花が、わりかし辛辣《しんらつ》にそう言ってくる。ひでえ言い草だ。

でも、まいったね、言ってる内容は正しくて、反論できねえや。はっはっは。

「やっぱあの分かれ道で間違ったんでしょーが。誰だよ、こっちで絶対正しいとか言ってたやつ」

瞑花がジロリと睨みつけると、見江海晴——通称ミエハルが青白い顔をしながらギクッと肩を震わせた。『ガリ勉』って馬鹿にされたりもするミエハルはズレた黒縁メガネを直してから、

「なんだよ、僕は悪くないぞ。みんなこの道で了解したじゃないか」

「てめーが絶対正しいっつったから、それを信じたんだろーがよ」

「絶対正しいなんて、言ってない」

「はあ？　言っただろーが。っざけんなよ、てめー」

ちっ、と瞑花は舌打ちして、なにかをポケットから取り出した。時代遅れの紙煙草と百円ライターだった。慣れた手つきで火をつける。

「あ？　なに見てんだ？」

ギロリと睨まれてしまう。いや、おいらだけじゃなくて、みんなドン引きしてんぞ。

「ミエハル、おまえ、なんでこっちで合ってるって言ったんだよ。どんな根拠があったんだ。おい」

班長の隼人くんがケンカ腰で言うと、ミエハルはうんざりした様子になった。

「ミエハルじゃない。ミハルだ。海が晴れるって書いて海晴だよ」

「どっちでもいいだろ。ガリ勉メガネ。この道の根拠はあったのかって聞いてんだ」

ミエハルは否定せず、ふて腐れたような態度を取って、

「僕は悪くない」

とだけ言い張った。

あっちゃー、ほんとに根拠なかったんかーい……。

気まずい。すっかり空気が死んでしまった。

「ええと、じゃあ、一発芸やりまーす……」

なんとか和ませようと試みるが、まったく無視されてしまう。クラスのお調子者を気取ってきたおいらだけど、この空気を変えるのは無理かもしれない……。

「ねえ、ごめんなさい、休憩しない？」

小柄な円城寺姫南がキツそうな声でそう提案した。大賛成。むやみに進んでも状況は悪化する一方だ。みんな気持ちは同じみたいで、背中のリュックを下ろし始めた。

ありがとう、姫南。キミのそういう一歩引いたところからの提案が大好きだよ。顔も可愛いし。胸も大きいし。実家の円城寺家が結構なお金持ちっていう噂は本当かい？　キミと結婚したら逆玉の輿に乗れるのかい？

姫南が腰を下ろす瞬間、なにか苦痛に顔を歪めるのをおいらは見た。

ん？　どこか痛めたのか？

けれどおいらがなにか言う前に、

「足、捻ったのか。円城寺さん。あのとき、木の根っこを踏んづけたときだな」

と、芳賀寛之——通称ヒロクンが言った。彼も目ざとく気づいたらしい。それと、しまった、とおいらは思う。ヒロクンはこの第三班の救護係だ。

「手当てしよう。ちょっと待ってろ」

救護バックから包帯やテーピング、湿布をてきぱきと取り出し、姫南の靴を脱がせて、応急処置を施していく。手慣れてるなぁ。いいなあ。おいらも姫南の足を触ったりしてえなあ。

「変態」

ハッと振り向くと、篠原友美が軽蔑の視線を向けてきていた。姫南にずっとついて回っている金魚の糞だ。メガネ女子で、おとなしめの文系少女っぽい見た目なのに、やたらと気が強い。

「いやいや、なにが変態なのか全然わかんないっすねー。はっはっはっ」

「しらばっくれないで。姫南の足見てたでしょ。キモい」

「だって綺麗な足じゃん！」

「うわ、一瞬で開き直った。このダメイケメン！」

それが取り柄なんでね。はっはっは。

とかやってる一方で、ヒロクンと姫南がいい雰囲気になってるじゃないか。

「ありがとう、芳賀くん」

「ヒロクンでいいよ」

「私も、姫南でいいから。円城寺って、長くて、言いにくいでしょ」

「いい名前だと思うけどね」

「応急処置、慣れてるね。凄い。先生がやったみたいにしっかりテーピングできてる。芳賀くんって、こういうの得意なの？」

「本当にヒロクンでいいよ」

「うん……」

姫南がそんなに気安く名前呼ぶわけないねーと思って見守っていると、ヒロクンは姫南から目をそらし、遠くを見た。

「俺は〝生き残り〟だからこういうことには慣れているんだ」

「あ……ごめんなさい」

姫南は顔を伏せた。

数年前の大震災の影響はまだ根深く残ってる。とくに被害が大きかった地域の出身者はトラウマも大きい。おいらやヒロクンや、班長の隼人くんみたいな〝生き残り〟は、姫南たちみたいな県外出身者とは、ちょっとだけ意識が違ってしまうんだ。

まあ、おいらは、応急処置なんてできないけどね！

ヒロクンは姫南への応急処置を終えると、班長の隼人くんのところへ行った。

「班長、こっからどうする」

「もちろん元の道に戻りてえところだが、ちと森に深入りしすぎたな。ヘタに動くと完全に遭難しちまう。方角くらいはわからねえのか」

コンパスとか持たされていないんだ。だって本当に簡単なハイキングのはずだったから。ちょっとしたマップはあるけれど、もの凄く簡略化されたもので、遭難後に役立つような代物じゃない。

スマホがあればなにも迷わなかったんだけどな。あくまで授業の一環ということで没収されていた。教師の考えは完全に裏目に出てる。

また空気が悪くなっちまう。ここは一つ、おいらがなにかギャグでも言って――。

そう考えたときだった。

ぬら、と大きな蛇が友美の足下に這い出てきた。友美の反応は劇的だった。

「ひぃぁぁあああっ⁉」

文字どおり飛び上がった友美が、体勢を崩して後方に倒れ込む。その方向が悪かった。折れて、鋭く尖った木の枝先だ。

「あぶなっ！」

おいらは咄嗟に叫んだ。

けど距離があったおいらには、なにもできない。咄嗟に動けたのは、なんと足を挫いていたはずの姫南だった。足の痛みに一瞬顔を歪めた姫南は、それでも友美に体当たりして空中で軌道をズラした。

なんというファインプレイ！

おいらも、ほっと一安心した。だけど――。

「姫南っ！」

ヒロクンが慌てて姫南に駆け寄った。今度は姫南が倒れ込み、なにやら痛そうに身もだえし始めたのだ。姫南の右肩辺りが朱色に染まっていた。血だ。友美の代わりに尖った枝に当たってしまったんだ。

その瞬間、おいらを含めた全員が顔面蒼白になった。

姫南、姫南っ——。みんなが集まって取り囲む。

いち早く行動を起こしたヒロクンが、姫南の傷口を確認する。

「動くなよ、姫南……。くそ、枝が突き刺さってるな」

ヒロクンが苦々しい顔をする。庇ってもらった友美は、幽霊のような白い顔をしていた。

「姫南……どうして……あたしなんか……」

「……えへへ、ケガしてない？　友美……」

額に脂汗をかきながら、姫南が弱々しい笑みを浮かべている。激痛をやせ我慢しているのは誰の目にも明らかだった。

班長の隼人くんが、ヒロクンの隣に腰を折る。ケンカ番長でもある彼は血やケガには慣れているのか、この中で一番冷静そうだった。

「ヒロ、どうだ」

「見てのとおり、折れた枝が肩口に突き刺さってる。けっこう深そうだ」

「枝を引き抜いて手当は？」

「素人がやるべきじゃない。ヘタしたら大きな血管を傷つける可能性がある」

ふん、と班長は息をつき、考えをまとめる間を開けた。そして、

「時間がねえな」

「ああ、止血くらいはできるが、放っておくと化膿する。破傷風になる恐れだってある。一刻も早く医者に診せないと——最悪、命に関わる」

命に関わる——。おいらたちは音が鳴るほど息を飲んだ。まさかこんな、ただの林間学校のハイキングで、人の生き死にに関わるような事故に出くわすだなんて、想像もしていなかった。

気後れするおいらたち。だけど、

「よし、わかった。オレ様に任せとけ」

と言って、班長はパンッと手を叩き合わせた。出た、とおいらは目を見開いた。班長の偉そうな『オレ様』発言と、パンッと手を叩き合わせる仕草。それであらゆる問題を力尽くで解決してきた頼りがいのあるリーダーだった。

「ヒロはそのまま姫南の手当だ。枝は抜かなくていい。ただし歩き出しても傷口が開かないように固定しろ」

「わかった」

「友美はヒロのアシスタントだ。ヒロが医者だとしたら、友美はナースで、指示に従って動け」

「うん——」

「ほかは足跡を探すぞ」

班長の指示に、足跡？　とおいらたちはキョトンとする。

「自分たちの足跡だ。スマホもなければ、コンパスもない。来た道を戻るしか手はねえ」

パンッとまた手を叩き、

「同じ場所をぐるぐる回った可能性が高いから、この周辺の足跡はダメだ。もう少し足を伸ばして探すぞ。ダメイケメンはあっち、ガリ勉メガネはこっち、不良少女はそっちだ」

班長はおいらとミエハル、瞑花に足跡を探しに行く方向を指示した。

「オレ様はあっちに行く。いいか、ここでオレたちまで遭難したら笑い話にもならねえ。迷わないように地面に足跡をきちんと残すこと。十分後、ちゃんと戻ってこい」

おいらたちは深く頷いた。

でも、こんな深刻な雰囲気……おいらは許せねえ。大変な状況だからこそ、心に余裕と明るさを、ってね。

「大丈夫っすよ！　みんなで力を合わせれば、どんな困難も乗り越えられる！」

おいらは空元気でそう言い張った。だってそれしかできない。同じ〝生き残り〟でも、ヒロクンは見るからにしっかり者で、班長は判断力があって頼りになるけれど、おいらは明るくみんなを励ますしか能がないんだよ。なら、そうしようじゃないか。

「ねっ！　おいらたちは必ず、元来た道に帰れるさ！　姫南だって、絶対に助かる！　それは、当然なんだ！」

我ながら根拠薄弱にも程がある。

だけど、みんな、ふっと笑ってくれた。

「ええ、そうね。きっと大丈夫。みんな……迷惑かけてごめん」と姫南。

「ううん、こっちこそ……助けてくれてありがとう、姫南」と友美。

「元気だけが取り柄のダメイケメン」と瞑花。

「鳥頭」とミエハル。

「まあ、アキラはそれでいいんじゃないか」とヒロクン。

パンッと力強い拍手を合図に、おいらたちはそれぞれの役割に応じて、行動を起こした。

「うし、じゃあ行くぞ」と班長。

『よっしゃ！』と。

おいらたち第三班は、このとき初めて、心をつなぎ合わせた気がしたんだ。


その後は、来た道を引き返す、というシンプルな作戦が功を奏した。

自分たちの足跡を見つけたのは、不良少女の瞑花だった。足跡というより、瞑花が舐めていた飴の包み紙が捨ててあるのを自分で見つけて、それで足跡も見つけたのだ。授業中も平気で飴なりガムなり口にしている不良少女の悪癖が、まさかこんなところで役に立つとはね。

そしておいらたちは、来た道を引き返した。

先頭はスポーツ万能、中学生ながらプロレスラーみたいな体格に恵まれて、一番体力があるオレ様班長が引き続きみんなを引っ張ってくれた。彼なら、自分たちの足跡を見逃して別の方向に行ってしまうような愚は犯さないだろう、というのがヒロクンの意見だった。

どうにか日が暮れる前に、元来た道に戻ることができた。

クラスの集合場所にようやく到着すると、先生たちが大慌てで駆け寄ってきた。

◇

一時はどうなることかと思ったけれど。

今となってはいい思い出だ。

あれから、おいらたち第三班はよくつるむようになって、高校も全員が同じで。

クラスが変わっても、何年も続く親友グループになった。

……それがまさか、こんなことになるなんてね。

◇

「どんな拳銃なんすかねー。はっはっはっ」

おいらはコタツでぬくぬく暖まりながら、そう言ってみた。外、寒かったんだよね。

成人式を一週間後に控えた今日、おいらたち第三班は班長の剛田隼人くんの実家に集まっていた。一番みんなが集まりやすくて、昔から溜まり場になっている憩いの場。

今日集まったのは、成人式に着ていく衣装の打ち合わせをするはずだったんだけど、やっぱり『一発の銃弾法』の話になっちゃうよね。

「事前情報としては、白い拳銃、とだけ言われているけど、詳細はわからないな」

おいらより早く到着して、先にコタツに入っていたヒロクンがそう答えた。ヒロクンは家も近くて、班長とも親友だ。肉体派で即断速攻の班長と、考えすぎてちょっと優柔不断で頭脳派の副リーダーヒロクンは、中学のときからいいコンビだったね。

元不良少女で、高校を卒業してすぐ髪の毛を染めた瞑花は、すっかりパッキンのチャンネーになってしまった。

「姫南は一？　毎年どっかに海外旅行いってんでしょ」

換気扇の下で細い紙巻き煙草を吸いながら、瞑花が追い打ちをかける。

「海外で撃ったことねーの？　ウチやったら絶対撃ってみっけどなぁ～」

口端から白煙をこぼす瞑花に水を向けられて、ソファーにいた姫南は困った様子になる。

「あるわけないでしょ」

「だよねえ。姫南のことだから、親父さんやお兄さんが撃ちにいっても、ショッピングとかやってそうだし」

「海外ってそんなに簡単に撃てんのけ？」

おいらの純粋な疑問だったが、ヒロクンが、

「撃てるらしいよ。ハワイとか、グアムとか、一番近いところで韓国でも射撃できるって聞いたことある」

「え、韓国って、隣じゃん」

意表を突かれたように、ソファーで姫南と隣り合っていた友美が言った。相変わらずのメガネ女子で、文系少女っぽさがあるけれど、じつは服装系の専門学校に通っている。スケッチブックに走らせていた手を止めて、友美はコタツのヒロクンを見ていた。

「あたしも韓国行ったことあるよ。撃てたの、あそこ」

ヒロクンはタブレットに指を走らせながら、

「もちろん都市にもよるみたいだけど、中国でも、東南アジアでも、撃てるところはたくさんあるみたいだな。福祉で有名な北欧でも、意外と銃って浸透してるらしい」

ひえ〜。銃なんてまったく見かけない日本って、むしろ例外的なんだなぁ。世界中の多くの国々が、社会に銃が溶け込んでいるんだ。

「ヒロ、おまえなら誰を撃つ？」

班長が、普通なら聞けないことをズバリ聞く。さすがのヒロクンも言葉に詰まってしまった。

「俺は……誰も撃ちたくないよ。まあ、護身用かな。万が一誰かに襲われても、威嚇できるように」

「そういえばヒロクンさぁ、ロッテリアでじいさんが暴れる現場に居合わせたらしーじゃん」

ヘビースモーカー暝花が他人事だからか、キャッキャと笑ってそう言った。

ニュースにもなっていた。一発の銃弾法の可決は、老人に対して若者が圧倒的優位に立ってしまうことも意味するんだって、おいらにもわかったよ。

「あれがもし、拳銃が支給されたあとだったら……」

ヒロクンは苦虫を噛み潰したよう顔になる。

「あーもう、おいらも想像しちゃったじゃないっすかー。暴れる老人が、若者にズドンってやられちゃう光景……」

おいらが口に出してそう言っちゃったもんだから、空気が重くなる。いやしまった、こういう深刻な空気は、おいらの肌に合わねえんだけど。はっはっはっ、て笑い飛ばせねえ。

「でも一発しか撃てないんでしょ？」

友美が非難するように、

「見ず知らずの老人を撃っちゃって、それで終わりなんて、勿体ないんじゃないの？」

勿体ないかあ。まるで命をなんとも思ってないみたいな言い方じゃないっすかね、友美さん？　きみって本当に性格悪いよねえ。見た目は相変わらずおとなしそうなメガネの文系少女なのにねえ。

「一発だけって。あとで補充とかできないのかね」

ずっと黙って勉強していたミエハルが、ふと聞いた。初めて会ったときから『ガリ勉メガネ』って言われていた彼ってば法学部に進学して、弁護士になるべく猛勉強中なんだ。この集まりも来たくなかったみたいなんだよね。勉強したいからって。さすが、見栄張る。

「補充って話は聞いてないな。一発の銃弾法っていうくらいだから、補充はないんだろうけど」

ヒロクンが冷静に言って、

「ミエハル、弁護士から見て、一発の銃弾法はどうだ?」

「どうだって言われても。どうにもならないよ。憲法を無視した、本来ならあり得ない法律だよ。これがまかり通るくらい、今の日本はおかしくなったってことだ」

「どこの時点で分岐があった。大震災か?」

「去年の新型ウイルスじゃないの。あれは百年に一度の、歴史の転換点でしょ」

「だよな……」

ヒロクンは腕を組んで、考え込んでしまった。

いやー難しい話はおいらわかんないから、なにか一発芸でもしようかな?って思っていたら、プロレスラーみたいなマッチョ体型の班長が、話を蒸し返した。

「オレ様は銃をもらえるって楽しみだぜ。ハハハッ。どうせならライフルみたいな、でけえやつをくれっつーんだよ」

「……配られるのは、たぶん二十口径くらいのやつだろうな」

「ヒロクン、それってどんなもん?」

と見た目に反して気の強い友美。

「小さいほうだ。威力は低い」

「でも当たり所によっては人を殺せるんだろうな」

と睨みをきかす班長。

少し怯えながら、

「そりゃそうでしょ」

と反応したのはミエハル。

「もう拳銃の話はやめて。オモチャじゃないんだよ」

姫南の声に沈黙。

……言葉が詰まっちゃうぜ。たしかにおいらたちは、どこか浮き足だっていたかもしれない。人を殺せる武器が、新成人の一人一人に渡されるっていうのは、真剣に考えてみれば、とんでもなくヤベえことだ。

実験都市フクツマは、これから銃社会になっちまうってこと。

通りすがりの人から、いきなり撃たれて殺されるなんてことも、あり得るんだ。

そして、その被害者が、加害者が、この中の誰かになるって可能性も、あり得るんだ。

「やっと約束の日が来るんだよ」

姫南は語気を強めて、

「いろいろあったよね、この五年間。大変だった」

うん……、とみんな頷く。成人式。その日のためにみんなそれぞれバイトして、こつこつ衣装代を貯めてきたんだ。

そう、めっちゃお金がかかる。

フクツマ市の成人式は全国的に見ても、やたらと衣装にこだわってお金をかけることで有名だ。元は北九州から移り住んできた人たちが始めたもので、正統派の振り袖スタイルから、芸能人のど派手なステージ衣装みたいな格好をぶちかましてくる人たちもいる。

誰に頼まれたものでもなくて。ただ、やるんだ。そうしたいから、やる。一生に一度の晴れ舞台だからね。真面目ったらしいヒロクンに言わせれば、「通過儀礼ってやつはそういうもん」だってこと。

「本当に大変だったよ、何十万も貯めるの」

ミエハルでさえ、地道にベーカリーでパンを焼き続けたんだ。あの香ばしい匂いが鼻の奥に張り付いて、夢にまで見るらしい。

「みんな、よく頑張ったよ」

班長がしみじみと、天上を見上げる。実験都市フクツマは、いろいろ最先端のものに触れられるけれど、時給まで特別高いというわけでもないし、物価が高いものは高い。消費税は25パーセントもある。まさに数年かけてチリをかき集めるようなバイト生活だった。

「楽しかったよ、そんなバイト生活も」

お嬢様育ちの姫南だって、自分で働いてお金を貯めたんだ。

高校からバイトを始めて、毎月少しずつ貯金していった。各々の通帳はみんなで交換して、順調に貯まっていっていることを互いに確認しあって、引き出されないように注意して管理して……。だからこれは、おいらたち第三班の誓いと絆の証なんだ。

「みんな、もう衣装代の振り込みは終わったのか」

「もちろん」

「どんな衣装にしたの？」

「それは当日までの秘密ぅー」

みんな、準備はバッチリのようだ。楽しみだなあ。おいらはニコニコ笑った。

◇

成人式当日。ついにこの日がやってきた。

おいらたち第三班は、一人一人、待ち合わせの場所へと手を振りながら集まってきた。

ちなみに一番乗りはおいらさ。グレーの生地に、白と黒の大輪の椿がひしめき合うデザイン。もちろんオーダーメイドだよ。

成人式っていう一生に一度の晴れ舞台で、衣装の色を地味に押さえ込んだのには、理由がある。姫南が好きだっていう赤を引き立たせたかったんだ。

――『赤ってどんな色よりも激しくて、綺麗だと思う』

理想の衣装のアイデアをみんなの前で話す、中学時代の姫南の力強い眼差しは、今でも忘れられない。

――『でも、だからこそ簡単には見せたくないの。激しくて、美しい赤は、懐に隠しておく。見せてもチラッとくらい。そしていざっていうときに、大きく見せつける……』

それがとても大人っぽい意見に思えて、おいらは、姫南って早熟なんだなあって感心してたよ。けれどそこで経験豊富な不良少女の瞑花が『それって下着の話じゃないのー？』と混ぜっ返し、姫南は『やだー』と笑っていた。おいらは姫南の勝負下着が、鮮烈な赤だっていうことをその後、何日も妄想することになってしまった。やれやれです。罪作りな女なんすよ、ほんと。

――『私、花では椿が好きなの。一番綺麗なときに、ポトンって落ちるじゃない？　汚くなっても茎にしがみついてるほかの花より、椿の潔さが好き』

――『姫南って、詩人だよなー。メモりたい言葉だらけだ』

珍しく班長の意見と完全一致したっけ。

そして無事に、姫南が到着した。友美と二人でタクシーから降りてくる。

姫南は中学のときに語っていたデザインをそのまま現実にしていた。鮮烈な赤の振り袖で、白梅の繊細さがうまくアクセントを決めている。髪型も栗色の長いそれを緩いアップに結い上げ、なんとも艶っぽい。そして簪《かんざし》にも赤を持ってくる抜群のセンスだ。

「どうかな」

「うん、綺麗だよ」

そのやり取りはおいらと姫南でやりたかったんだけど、現実にはヒロクンと姫南が向かい合ってやっていた。テンション下がるぜ。

それにしても、ヒロクンとミエハルは二人ともスーツ姿だ。おいおい、そこは羽織袴じゃねえんすかね。おいらだけバカみたいじゃん。

けれどスーツ姿で被った二人も、あんまり面白くないらしい。まずガリ勉メガネのミエハルから突っかかった。

「ヒロクン、なんでスーツなんだよ」

「社会人になっても着れるからだ」

はいはいヒロクンらしい実務的な考えですね。

「おまえはどうなんだ、ミエハル。自分だけ高級スーツで目立とうと思ったんじゃないのか。残念だったな」

「僕は弁護士になるんだから、高級スーツじゃないとダメなんだよ。大学出たてでいいスーツなんて買えるわけないだろ。なら、今のうちにっていう考えからだ」

「そのくせ腕時計は安っぽいのな」

ヒロクンが痛いところを突いた。ミエハルはハッと腕時計を抑えて、トレードマークの黒縁メガネ越しに、挑むようにヒロクンを睨みつけた。

この二人、すぐケンカするんだよなー。はっはっはっ。でもこれでも完全に決裂しないあたり、お互いの学業成績くらいは認め合ってるんだろうな。学年のツートップだったから。

「あとは班長やんね」

細い紙巻き煙草を相変わらずスパスパ吸っているけれど、瞑花もすっかりオシャレしてきている。元から目鼻立ちがくっきりした美人顔ではあったから、艶やかな衣装を着て、ネイルを整えれば、可憐な乙女へと変身だ。まあ、どれだけ着飾ったところで性格は不良少女のままなんだろうけれど。

と、そこでまたタクシーが止まって、誰かが降りてきた。一瞬、誰だかわからなかったよ。髪をグレーに染め上げて、一部に深紅のメッシュを入れて、鉢巻きを巻いていやがる。暴走族のようなキメッキメでやって来たのが班長だった。

「お、みんな早えな。すまんすまん」

爆笑だよこっちは。

「さすが我らの班長っすね」

「女の子より時間かかってんのねー」

ぎゃっはっはっは。

久しぶりにみんなで大笑いしたよ。誰だおまえって思ったけれど、やっぱりこれが班長なんだよなー。

こんな光景も、別においらたちだけってわけじゃない。会場のあちこちで、思い思いの衣装に身を包んだ新成人たちが、はじける笑顔をあげている。

『みなさーん、そろそろ時間でーす。式場にお入りくださーい』

拡声器を持った案内係が、アナウンスしてくる。

「よっしゃ！」

パンッと班長が手を叩き、

「行くぜ野郎ども！　オレ様に続け！」

いやなんの集団だよ、とツッコミしつつ、おいらたちはゾロゾロと式場へ歩いていった。所々に警備員が配置されている。結構な数がいそうだ。

ホールの壇上でフクツマ市長が挨拶する。中身のない長ったらしいだけの祝辞に、どこからか「校長かよ！」「もう俺たち学校卒業したぞ！」とヤジが飛んで、クスクス笑いが起きていた。

そして市長がステージから捌《は》けると、ふいに明かりが消えた。真っ暗になる。なんだ？　会場がどよめく。ステージでなにか影が動き回っていることだけが微かに見えた。

そして次の瞬間、バンッとステージにライトが当たる。

あれは――。

ヴォーカルに、ギターに、ベースに、ドラム！

いずれも晴れ着姿に身を包んでいる。有志の出し物か。いや違う！

「ＴＲＵＥだ！」

おいらは叫んだ。一瞬の静寂のあと、大歓声が上がった。

メンバー全員が十代の女性だけで構成されるカリスマ的ロックバンド、ＴＲＵＥ。昨年、新型ウイルスの影響で全国のライブハウスが閉鎖に追い込まれた中で、フクツマ出身の彼女らだけが封鎖期間を逆に利用し、大きく知名度を上げた。県境封鎖されたフクツマの中でなら、ライブは可能だったのだ。

『私たちも今年で新成人だ！　飛ばしていくぜぇ！』

うおおおおおおおっ。

圧倒的な熱狂がホールを包んだ。脳が揺さぶられるような陶酔感。せっかく結い上げた髪を振り乱して絶叫するファンもいる。何人もが「市長ありがとう！」と手のひらを返して大人を褒め称えた。

ちゃっかり最前列にまで潜り込んでいったおいらは、我を忘れるくらいに興奮した。

最高のサプライズだ！

最初の一曲目が終わると、どしゃぶりのような拍手が湧き起こる。

『ここで、私たちからのサプライズだよ！　アナタ、こっちに来て！』

えっ、おいら？　おいらに指差してるのか？

『アナタ、柏原アキラだよね？　早く上がって！　早く！　早く！』

え、え、え、なんでボーカルのＫＡＲＡがおいらの名前知ってんのっ？

まあいいや！　行っちまえ！

手招きされるまま、おいらはステージに上がった。

「新成人、おめでとー！」

白い革張りの小箱が、おいらに押しつけられた。

なにこれ。プレゼント？　ＴＲＵＥから？

「うおおおおおおっ」

おいらは気づいたら観客席に向かって、その白い小箱を掲げて絶叫していた。みんなも歓声で応えてくれた。

って、この小箱、よく見たらおいらの名前と、顔写真が貼り付けられている。案内係の人たちが大急ぎでステージに上がり、段ボール箱から同様の白い小箱を取り出している。なんだ、一人一人に用意されているのか。

「キミ、早くこっちへ！　ほかの人の邪魔だから！」

案内係の人にせき立てられてステージをあとにする。おいらは最後にもう一度だけ、ＴＲＵＥを振り返った。彼女らは耳にイヤホンをつけていて、なにか指示を受け取っているようだった。

◇

会場の外でみんなを待つ。ヒロクン、班長、姫南、友美、瞑花、ミエハル。ようやく全員が出てきた。

「なにが入ってるんだろうな」とマッチョな班長。

「みんなで一斉に開けよーじゃん」と元不良少女の暝花。

すっかりお祭り騒ぎの中、ヒロクンだけが曇った表情をしていた。

せえの、で蓋を開けた。そして全員が、ぎょっと目を見開いた。それは一丁の純白の拳銃だった。

ひゃっ！、と友美が小さな声を上げて、白い箱ごとアスファルトに落とした。

――一発の銃弾法！

――来た、ここでか！

おいらたちは凝然《ぎょうぜん》と固まってしまい、互いの顔を見返した。

改めて、おいらは自分のそれを見下ろしてみる。滑らかな純白の光沢を放つ、想像よりも小さな拳銃だった。

「……カワイイじゃん」

金髪チャンネーの暝花が吹き出した。

「こんなのに実弾が入ってんの？」

「オモチャみたいだ」

とガリ勉メガネのミエハルも言う。

特別製だが、量産されたものだとひと目で判断できる。おいらは頭脳派の副リーダーヒロクンを見た。

「法案が可決されたのは一カ月前でしょ。そこから作り始めたら間に合わないじゃん？」

「……何カ月も前から作り始めていた、ってことだな」

「法案が可決される前から？　どういうこと？」

まともな疑問を口にしたのは姫南だった。

けれど、そんな細かいことを気にしない面々もいた。

「こうやって使うんだな？」

班長が乱暴に拳銃を掴み上げると、構えて見せた。騒然となる。さらに班長が引き金に指を持っていこうとするもんだから、友美なんかは、ちょっとちょっと、と本気でビビったような声を出した。

や、やめろよ、班長……そう引きつった苦笑顔で言ったのはヒロクンだ。冷静沈着さが売りの彼も、さすがに声が震えていた。

「持ってみただけだよ。バーカ。なにビビってんだ」

班長はニヤニヤしながら、拳銃を小箱に戻した。

おいらたちは「……」と微妙な顔で互いの目を見返した。ここでなにか一つボケをかませたなら、おいらはきっと笑いの神になれたのだろうが、そんな才能は一切ないようだったし、こっちから願い下げだった。

最初に小箱を落としていた友美が、それを拾い上げる。そこで、なにか小さな紙を見つけたようだった。

「これ……説明書？」

それは、拳銃という、人の運命を不可逆的に変えてしまいかねない代物にはヒドく不釣り合いな、薄っぺらい紙切れだった。そこにはわずか五行程度の文章しか書かれていなかった。

★安全装置を外し、引き金を引くと、実弾が発砲される。
★拳銃に込められた弾は、一発だけ。
★フクツマ県内において、なにに使用しても自由。
★人や物を撃っても、傷害罪・殺人罪や物損罪は適用されない。
★ただし、強盗や請負殺人等、営利目的であれば、通常の刑法に照らし合わせる。

「意味、わかんねえっす」

おいらは身震いした。こんなとんでもないものを、政府が支給してきたというのか。

一番利己的だったはずの友美が、涙声で「こんなのいらない」と言って、近くのゴミ箱に白い小箱ごと突っ込んだ。あっ、とおいらは声を上げげた。近くの警備員が猛然と走ってきて、ゴミ箱から白い小箱を取り出し、中の拳銃を確認して、友美に突き返した。

「持ち帰りなさい」

強い口調だった。警備員は能面のように無表情だった。

「持って帰りなさいっ」

二回目はさらに威圧的な口調だった。

「い、いりません……」

「少なくとも、会場を出るまでは、持っていなさい」

その圧力に屈し、友美は白い小箱を受け取った。縁なしメガネの文系少女っぽい顔立ちは強張り、途方に暮れたように立ち尽くした。

おいらたちも似たようなものだ。

「説明がなさ過ぎるよな。いきなりこんなもん渡されて、どうしろっつーんだよ」

班長がさすがに深刻そうに、みんなの意見を代弁するように言った。

ほんとだよ、っておいらも思う。

この会場だけでも千六百五十二人。フクツマ県全体で五万人弱。

今日、新成人に押しつけられた弾丸は、果たしてなにを撃ち砕くんだろう。

◇

「どうするよ、拳銃。オレ様たちで自警団でも結成すっか」

班長が冗談めかしてそう言って、おいらたちは笑い合う。

成人式の会場を出てから、市内のレストランで食事を取った。メンバーの中で唯一車の運転を日常的に行っている班長がレンタカーを運転し、ワンボックスに七人が衣装のままで乗り込んでいた。

「どこ行く？」

「高校にお礼参りとか？」

「卒業式かよ」

「海行こうよ、海」

いいねーいいねー、みんなの意見が完全一致。

「いつものところか。りょーかーい。ハヤト号、発進します！」

コンビニで買った缶チューハイや発泡酒でバカ騒ぎしながら、車は高速に乗って太平洋側に向かった。

大浜海浜公園。まあ要するに普通の海辺だ。夏は海水浴客で賑わう。おいらたちは毎年、ここに来て、泳いだり、バーベキューをしたりしてきた。

冬の浜辺は寂しい限りだ。海はグレーに沈んでいるし、風が強くて、殺風景。おいらたちのほかにはほとんど誰もいなかった。散歩やジョギングしている人がチラッといるくらいだ。

パンッと班長が柏手を打った。

「貸し切りだ。行くぞ、野郎ども！」

「っしゃあ！」

男勢は大はしゃぎで裸足になり、砂浜に駆け出した。足跡がクッキリ残っていく。冷たい波が足下を洗って、その氷のような温度に身震いしながら笑った。女性陣はせっかくの晴れ着を汚したくないから、おしゃべりしている。

そうしてしばらく遊んだあと、

「おーい」

パンパンッと拍手して、班長が呼んだ。

「準備できたぞ。いっちょ、やってみよう」

みんなの視線の先の岩場には空き缶が一つ、立てられていた。なんだそれ、と思ったけれど、みんなの異様な雰囲気に、おいらも察した。

その空き缶って、標的か！

ここで試し撃ちするってことなのか！

「みんな、拳銃持ってきたか？」

「あ、車に置きっぱなし」

「持ってこいよ。なくなったらどうするんだよ」

「……たしかに、なくしちゃったら大変なことになるかも」

拳銃――。おいらたちはその重要性をよくわかっていなかった。だって、あんな、オモチャみたいなもの実感が湧かないし。でも一方で、万が一暴発したらって奇妙な焦燥感もあって、どうにも距離感が掴めなくて、持ってないふりしたほうが楽な気もしていた。

一旦車に戻って、みんな自分の拳銃を持ってきたけれど、誰も空き缶に銃口を向けたりしなかった。

女性陣は箱から出してもいない。

「この拳銃って、本物なんだよな。ヒロ？」

班長から問われ、

「そのはずだ。だが、実際に撃ってみないと確認できないな……」

ヒロクンは銃口を覗き込んだり、グリップの底を確認したりしながら、

「弾を入れるところがわからない。回転式拳銃、リボルバーっていうやつじゃないみたいだし、オートマチックってわけでもないみたいだ。かなり特殊な構造をしてるんじゃないか、これ」

「弾はすでに入ってんじゃねーの。箱の中には弾は入ってなかったし」

吐き捨てるような返答は瞑花だった。

気まずい沈黙。

それを破ったのはヒロクンだった。

「セーフティロックはついてるな。それを外して、引き金を引けば……おそらく」

また沈黙。

パンッ、と音がした。また班長が手を打ったんだ。ただし今は片手が拳銃で塞がっているので、手の甲を叩き鳴らしていた。班長がその体格と見合った大きな口を開く。

「ミエハル、撃ってみろよ」

「なんでだよ」

「いつも見栄張るじゃねえか。目立てるチャンスだぞ。どうだ？」

「……」

少し黙るミエハル。みんなの視線が集まっていたが、

「僕のは、使いたくない」

とはっきり拒んだ。普段はあれほど、自己顕示欲が強いのに。

「なんで撃たないんだ？　撃ったっていいだろ？」

「班長こそどうなんだよ」

「いや、今はおまえの話をしてんだよ。なんで、撃ちたくねえんだ」

班長、それ以上に突っ込むのはよそうよ。撃ちたくない理由なんて人それぞれだし、あんまり根掘り葉掘り聞いたら、嫌なこと聞いちゃうかもしれないだろ。

今撃ちたくないってことは、じゃあ、ほかに撃つべきタイミングがあるってことで。

そう考えると、じゃあ、空き缶の代わりに、なにを撃つんだって話になっちゃうだろ。

意外と頭も悪くない班長なら、わからないはずないよな。

『…………』

気まずい沈黙。

「そうかあ」

班長は、困ったように顔を掻いて、

「じゃあ誰が撃つ？」

おいおい班長、まだこの話、続けるのかい？　そもそもこんな試し撃ちなんて、誰もやりたくないんじゃないかい？　それとも、自分以外ならいいって思ってるのかい？

「言い出しっぺは班長じゃん。班長が撃てば？」

煙草片手に白煙を吐きながらの、瞑花の鋭い指摘に、班長は少し焦る。

「いや、オレ様は護身用で考えてっから」

「はあ？　この中で一番腕っ節に自信あるの、あんたでしょーが。なにが護身用だよ、ざっけんな」

「いくらケンカが強くても、相手が拳銃じゃあ分が悪いだろ。瞑花はどうなんだ？　ここでさくっと撃っちまえよ」

「女性陣こそ護身用に必要だろーが。試し撃ちは男子の誰かがやれよ」

男性陣は言葉に詰まった。

護身用というなら、男も女もない。拳銃の前には性別なんて関係なくて、人間なら誰だって一発で殺されちまう。それに対する抵抗力を、誰だって放棄したくないに決まってる。

班長は矛先を変えて、

「友美はどうだ。一回ゴミ箱に捨てただろ。最初からいらないみたいだったし、どうせなら試し撃ちに使えよ」

「……やだ」

「なんでだよ」

「撃ちたくない」

友美は挑むような顔で睨み返している。

「じゃあ、オレ様が代わりに撃ってやるよ。貸せ」

班長が一歩踏み込むと、友美が、まるで箱から拳銃を取り出そうとするかのように、ぴくりと動いた。その瞬間、みんなが硬直した。

静寂は一瞬で、波のざざーって音がヤケにクリアに聞こえた。

「なんだ、今のは……」

「班長、よせっ」

「今、おまえ、このオレ様に銃口を向けようとしたのか？」

「そんなわけないだろっ。ただちょっとビックリして震えただけだよ。班長は体が大きいんだから、近寄られたら誰だって怖がるよ。な、友美？　そうだよな？」

ヒロクンが口早にそう言うと、友美は目をそらして、気まずそうにぼそぼそと言う。

「うん……ごめん、ヒロクンの言うとおりで……」

「……」

班長は押し黙った。かといって、緊張を解いたわけじゃなかった。警戒している。

今度はミエハルが口を開いた。

「姫南が撃てば？」

「え、私？」

姫南が、ぎょっとした。

ミエハル……このクソガリ勉メガネ……余計なことを……。

「姫南はいいとこのお嬢様だろ。円城寺グループの創業者一族。上級国民……恵まれた人生だ。拳銃なんて必要にならないよ。なあ、みんな、そう思わないか？」

みんな腹の内を探り合うように、互いの目を見た。

ま、そうだよね……と小さくつぶやいたのは、友美だった。ずっと姫南と一緒にいて、一番の親友のようだった友美が、

「姫南なら、撃っても大丈夫なんじゃない？」

「え……あれ？　友美？」

姫南は引きつった笑みで、友美の袖を引っ張った。

「どうしたの？　いきなり……」

「いきなり、ねえ……」

友美はどこか含みを持たせたけれど、その理由を積極的に語ろうとはしなかった。ただ袖を引っ張る姫南の手を、受け取ろうとも、引きはがそうともしなかった。

おいおい、友ちゃんよ、そりゃないんじゃないかい。いつも姫南にべったりの金魚の糞で、林間学校のハイキングでは、尖った枝に突き刺さるのを身代わりになってくれたのは姫南だぜ。今こそ、そ

のときの恩を返すときだとは思わねえのかい？

けれど、友美は取りつく島もないような、冷徹とすら言えるような、突き放した態度を姫南に対して取っていて……。

瞑花はいつもみたいに「お願いっ！」と姫南に拝んだ。

「姫南しかないって！　ねえお願い！」

その明るい調子に、ミエハルや班長も乗った。

「そうだ！　やってみろ、姫南！」

「ひーめーなっ！　ひーめーなっ！」

班長がコールまで上げた。姫南の表情がますます曇っていく。

おいらはヒロクンを見た。冷静沈着さが売りの彼なら、うまくこの場を収めてくれるのではないかと期待した。

けれどヒロクンは、この状況に唖然と口を半開きにしていた。

なんだよ、そりゃ。姫南とヒロクンは、両思いだったんじゃないのかよ。姫南が追い詰められて、どうしてそんな、ただ驚くばかりなんだ。おまえなんかに、姫南は相応しくねえよ。

「わ、私……ごめんなさい。国からもらったものだから、ちょっと、無碍《むげ》にはできないし……その……」

歯切れは悪かったけれど、姫南は拒否の姿勢だけはしっかり示した。

けれどそれでは、止まらなかった。

「姫南が撃たなかったら、誰が撃つんだよ」と班長。

「姫南しかいないんじゃないの」とミエハル。

「撃っちゃえよ、姫南」と瞑花。

「あたし、しーらない」と友美。

……おい、なんだよ、これは。なんでみんなで、寄ってたかって、姫南を追い詰めるんだよ。あのマドンナ的存在の彼女が微かに震えてるじゃないか。

「やっぱこの中で一番、拳銃を使う機会がなさそうなのって、姫南だろ。なあ？」

「お嬢様だから、姫南は。外出するときもお父さんの車で送り迎えしてもらってるんじゃないの。テロとか遭遇しそうにないし。上級国民だから」

「……そんなことないよ……みんなと同じ電車通学だよ……知ってるでしょ……」

「あーあ、誰も撃たないんなら、なんのために、こんなところにまで来たんだろって感じ。わざわざ車まで借りたのにさー。ねえ姫南」

空気がトゲトゲしくなってきた。姫南は見るからに針のむしろだ。

おいらはもう一度、ヒロクンを見る。林間学校のハイキングのときからお似合いで、いい雰囲気で、いつの間にか、彼こそが姫南の恋人なんじゃないかって思うようになっていた。けれどそうじゃないんだ。ヒロクンはこの状況に戸惑っていて、様々なことを同時に考えているような苦悶の表情を浮かべている。視線は姫南には向いていない。このグループ全体のことを考えているようだった。

ダメだ、ヒロクンは頼りにならない。

おいらたちは、また道を間違うのか？　中二の林間学校で、ハイキングで道を間違って、深い森の中を彷徨い歩いたみたいに。

おいらは拳を握りしめ、覚悟を決めた。

「おいらが撃つよ！」

みんなが、えっという顔を向けてきた。おいらはさっそく拳銃を空き缶に向けてみる。そこで気がついた。この白い拳銃がずっしりと重くて、金属の塊だってことを思い知った。これは、凶器の重みだ。

「よおし、男を見せたな、ダメイケメン！」

「一発やったれ！　ダメイケメン！」

「頑張れダメイケメン！」

ダメイケメン言い過ぎやないかーい、なんてツッコミを、おいらはいつもどおりに入れてみる。はっはっはっ。

なんだか一瞬で、いつもの第三班に戻ったみたいだ。ついさっきまで姫南を生け贄みたいに扱っていたのが、まるで嘘みたいだ。

仲間たちの声援を一身に浴びるおいらを、姫南も固唾を飲んで見守ってくれている。

やった、姫南がおいらを見てくれているぞ。でも、心配そうな表情だ。ここは見事に空き缶に命中させて、拍手喝采を受けたいところだな。そしたらおいらも、英雄だ。

姫南にいいところを見せたい一心で、おいらは一歩一歩、標的に近づいていった。

岩場に置いてある空き缶まで、一メートルまで近づいた。これなら確実に当たるはずだ。

「って近っ！」

「もっと遠くから狙いなよ～ダメイケメン。そっちのほうが格好いいよ」

うるさい外野ども、遠くから撃って外すくらいなら近くから当てますわ。

「はっはっはっ……よし、撃つぞ！」

「きゃー待って！」

友美が耳を塞ぎ、数歩ほど逃げた。ほかのみんなも息を飲んでいる。

おいらは引き金に指をかけた。白い拳銃。おいらの大好きなＴＲＵＥが、誰よりも最初に渡してくれた一品だ。ここで使い切っちまうのはちょっと勿体ない気がするけれど……。

姫南を守るためなら、仕方ない。

静まり返った一瞬。波の音だけが遠くに聞こえた。

「いっくよ～ん！」

せぇーい！

って勢いよくいければよかったけれど、思ったより引き金が固かった。おかしいな。セーフティロックは外したはずなんだけど。

おいらがもたつくと、みんなはギャグマンガみたいにズッコケて笑いを取りにいってくれた。いいなあ、おいらがいるべきは本当はそっちだぜ？　おいらに笑いを取らせろよ。

にしても、引き金ってそんなに固ぇもんなんすかね？　いざってときに撃ち損ねちまうじゃん。不良品？　おいらの握力が弱すぎ？　いやいや女も使えなきゃ意味ねぇし。

おいらはもう一度構えて、

……なんか、変に緊張してきた。嫌な汗が噴き出てくる。

まさか、これ普通の銃じゃなくて、引き金を引くと爆発するとか……ねえっすよね⁉

誰か撃ち殺そうとするようなバカは、自爆させて世の中をよくするのが政府の狙いだったり⁉

え、おいらここで死ぬの⁉　やっとハタチになったってのに⁉

「早く撃てよダメイケメ〜ン」

「いい加減にダレてくるぞ〜」

うんざりしたような囃し立てが聞こえてくるけど、いやちょっと待ったぁ！

改めて考えてみたら、この拳銃、本当にまともな代物なの⁉　なんらかのトラップとか仕掛けられてない⁉　大丈夫⁉

不発とか、暴発とか、ない⁉　あり得るんじゃないの⁉

「なんだよやっぱ撃てねえのかよ、あのダメイケメン」

くっそ！　ちくしょう！　わかったわかった！　おいらがやりゃあいいんだろ！

もういいや！　姫南の代わりに死ぬんなら本望！　やってやるぅ――っ!!

うわ……。でもやっぱ超怖え――っ!!　手ぇ震えるぅ――っ!!

「なんか身もだえしてんぞ」

「やるのかやらねえのか、どっちだよ」

やるよ！　やる！　やってやんよ！　コナクソォ――――ッ!!

「うおおおっ！　今度こそぉ――ッ!!」

おいらはしっかり足腰から構え、拳銃を両手で持ち、照準を合わせた。足にへばりついた砂の感触がやたらに不快に感じられた。

固い固い引き金を引き絞る。そして――


バンッ！


撃った。撃ったぞ。今度こそ引き金を引けた――。

でも……衝撃は思ったよりも弱かった。銃声も想像よりうるさくない。屋外だからだろうか。小さいタイプだったみたいだし。やっぱりオモチャみたいな、乾いた音だった。

そして、びしぃ、って岩に直撃した音が鳴った。

「……え、それで終わり？」

「思ったほどじゃなかったな」

みんながぞろぞろと近寄ってくる。拍子抜けした様子で、半信半疑に近いようだった。けれど、おいらには開放感があった。銃を撃った。それはなんだか、一人前の男になったみたいな感じだった。

「反動が心地いいぜぃ。射撃場が人でいっぱいだっていうのも、頷けるな」

おいらは上機嫌だったけれど、「あー」とか「えー」って不満げな声が上がっていた。

「なんで、外しちゃうんだよ」

えっ。

あ、ほんとだ。空き缶は微動だにしてない。というか、今ちょっとした風が吹いて、それで倒れてしまった。おいらの弾丸は、その後ろの岩肌に直撃したようで、その弾痕らしきものだけが確認できた。

「へーたーくーそー」

「この距離で外すかね」

「風にすら劣る男」

ダメイケメン、ダメイケメン、と散々な言いようだ。みんなが撃てって言ったんじゃないか。いやおいらが自分から撃つって言ったんだったけど、まあいいか。

「いやー、意外と当たんないもんっすね～」

おいらは「はっはっはっ」と後頭部を掻きながら笑い飛ばした。

そんなおいらの手をギュッと掴んできたのは、姫南だ。おいらは硬直して、顔が赤くなってしまう。

「ありがとう、アキラくん」

「あ……うん」

姫南がニッコリ笑ってくれる。まあこれだけで、撃った甲斐があったってもんすわ。

みんなは岩に穿《うが》たれた弾痕を観察している。

「やっぱホンモンの銃なんだな」

「空き缶がどのくらい吹っ飛ぶか見たかった気もする」

「誰かユーチューブに上げてるだろ」

実験都市だし、この拳銃もさっそくいろんな実験に使うやつがいるだろ。ユーチューバーなんか、どう使うのが一番盛り上がるかで、今ごろ頭を悩ませてるだろうな。

「アキラ……」

おっと、ヒロクンの登場だ。端っこで震えちゃってノミの心臓だったっすねー、なんて軽口を叩いてやりたいところだったけど。

「すまん、アキラ……誰も撃たなくていい方法を探したんだけど……」

「……はっはっはっ」

やっぱ、そういうところがヒロクンだぜ。

「気にしなくていいっすよ。おいら、後悔なんてしてないっす。こんな危険なもの、持ってたって仕方ないし。使い道なんて、なーんも思いついてなかったし」

「そうか……正直、格好よかったよ、アキラ」

ヒロクンは続けて、

「でも、今日からフクツマは銃社会になってしまった……なにが起きるか誰にも予測がつかないんだ。いつか後悔する日が、来ないといいな」

ヒロクンは、夕日が沈みゆく水平線を眺めてそう言った。

まるであらゆる可能性を考慮しているような、頭がいい人の眼差しだった。

おいらはヒロクンみたいに頭はよくないけど、まあ、なるようになるさ。銃なんて、なくたっていい。人は凶器に頼らずに、生きていけるんだ、きっとね。

少なくとも、おいらは、そう信じてる。


そしておいらたち第三班の七人は、一列に手をつないで、夕闇が迫る浜辺を歩いていった。

2人目

恋愛

橘瞑花

スマホのアラームが鳴って、もう朝か、と目を覚ます。彼氏の恋児の腕枕から頭をあげるとスマホのアラームを止めベッドから出て、窓を開けると煙草に火をつけた。

七時半。ぼんやりした頭。天井を見上げるとランプシェイドが揺らいでいる。いつもと同じ、ギンガムチェックのカーテン。いつもと同じ、壁際のテディベア。

煙草を口に咥えたまま、台所へと移動した。買い置きの缶コーヒーを一口飲んで、簡単な朝食を用意する。ウチはダイエットのため朝食は取らないけれど、恋児は朝食を欠かさない派だ。

恋児の朝食を用意していると、起き出した恋児が後ろからウチを抱きすくめてきた。

「おはよう、瞑花」

頬にちゅっとキスしてくる。くすぐったい。ウチは満更でもなかったけれど、

「もう……ご飯の準備できないでしょーが」

恥ずかしさを隠すようにそう言った。彼はふふふっと笑いながら、ウチを強く抱きしめて料理の邪魔をしてくる。

「エプロンつけないの？」

耳元でささやいてくる。

「セクシーだからつけなよ」

「やだ、朝から」

「エプロン一枚になって。裸エプロンってやつ」

「バカじゃない？」

ウチはくすくす笑う。恋児も笑って、それから手を離した。少しだけ寂しい。

リビングで恋児がテレビをつけた。朝のニュース番組が流れる。

『一発の銃弾法によって、新成人に白い拳銃が配布されてから三日……。今のところ目立った発砲事件は起きていませんが……』

恋児はヨーグルトを乗せたフルーツグラノーラを噛みながら、何気なくテレビを見ている。ウチは卓上型の小さい鏡の前で、ビューラーでまつ毛を上げる。恋児はスプーンを口に運ぶ。ウチはマスカラを塗る。テレビ画面に刻まれる時刻が8：30に変わった。

ウチが持つ白い拳銃について、恋児はなんのために使うのかって聞いてこないし、どこに置いてあるのかも聞いてこない。恋児はウチより十歳年上で、ホストみたいなチャラい外見とは裏腹に、暴力的なことは苦手なんじゃないかって思う。

「ねえ、恋児」

「んー？」

「うちって異性を泊めちゃいけないんだよね」

「はは、昨日も言ってたね。もう何回も泊まらせてるくせに」

そう、ここは会社の社員寮として使われているアパート。割と自由なんだけど、一応規則みたいなものはある。その一つが部屋に異性を連れ込んではいけないってこと。

「そんな古くさいルール、今どき守ってる子いるの？」

「さあ、余所は知らないけど。でも会社にはお世話になってるから」

「ふうん、そう」

「だから、今度から泊まるときは恋児のうちにしようよ」

「……」

恋児は少しだけ黙って、こちらをチラッと見てきた。

「うちはダメだよ。狭いし、友だちも居座ってるし。ここのほうが居心地いいじゃん」

「でも、規則破ってるのがバレたら追い出されるかもしれないし……」

「瞑花さ」

恋児はじっと見てきた。

「瞑花さ、そういうやつだっけ。前はルールなんて知らねえって格好いいところあったじゃん。なんでそういうお堅いこと言うようになっちゃったわけ」

抑えているけれど、少しキツい口調だった。ウチは反論できなくなってしまう。

「……そうだよね、ごめんね」

「あ、忘れてた」

恋児は鞄を引き寄せると、A４紙くらいのサイズの写真を取り出した。

「ほら、見せるの忘れてた」

「わあ！」

成人式の朝にスタジオで恋児が撮影してくれた、晴れ着の一枚だ。紺地に様々な種類の花が咲き乱れる振袖姿で、アンティークな椅子に腰掛け、微笑むウチ。

「額装して、また持ってくるよ」

「ありがとう！」

ウチは写真を返した。恋児はフリーのフォトグラファー。まだ若いから稼ぎは大したことなくて、ベテランの人のアシスタントをすることも多いけど、私好みの素敵な写真を撮れて、かなり男前な外見なのってズルいと思ってる。

「瞑花のせっかくの晴れ姿だ。ちゃんとした額に入れて大切にしないとね」

「うん！」

ウチは嬉しくてお化粧にも力が入る。

恋児と出会ったのは、ウチがまだ女子高生のときだった。街中を歩いていると、駆け出しのフォトグラファーを名乗る恋児が声をかけてきて、モデルになってくれって頼んできたのが始まり。

最初は新手のナンパだと思って相手にしていなかったんだけど、しつこく何回も声をかけられて、それで試しに彼の写真を何枚か見せてもらったら、凄く綺麗に写っている女の人が何人もいて、ウチは驚いたんだ。「え、ウチもこんなに綺麗に撮ってくれんの」って。その欲に負けたって感じかな。

その場で何枚か撮ってもらって、連絡先を交換して、それで送られてきた写真が凄くよくて……。

きっとこの人は凄いフォトグラファーなるんだって、そう思った。

恋児の車は軽ワゴンだ。ウチが助手席に乗り込むと、運転席の恋児は一口サイズのお菓子を渡してきた。

「そういや、これ、余ってた。あげる」

「いいのん？　サンキュー」

恋児はいつも上手なタイミングで、ウチにお菓子をくれる。まるで聞き分けのない、子どもを諭すように。

「恋児、女子力、高すぎ」

『ラパン』と書かれた包み紙を破くと、うさぎの形をしたお菓子が現れた。ぽいっと口に放り込むと、白いアイシングクッキーの中から、ラズベリーの甘酸っぱいジャムがあふれ出す。一瞬の幸福。口の中いっぱいに甘い香りが拡がる。

「フランス語でうさぎのこと、ラパンって言うんだってさ」

「へえ」

ラパン。なんていい響きなんだろう。真っ白な小さい拳銃を、うさぎにしてしまおう――、なんて少女チックなことを考えてみる。ウチは鞄の中のそれを意識した。護身用。ラパン、ウチのハートをしっかり守ってや？

「はい、お城に着きましたよ、お姫様」

ウチの勤務先であるスーパーセンター『トライアングル』の南フクツマ店。その道路沿いに車を停めてくれた。もう着いちゃった。車だと本当にすぐ。

ウチは急に寂しくなって、顔を近づけた。

「ここで？」

恋児はハイタッチみたいな気軽さで、軽く唇を合わせてきた。一瞬だけど体温を感じて、ウチは安心する。

「じゃあまたな、瞑花」

「うん」

恋児の車が去っていくのを見て、ウチは煙草に火ぃつけて、おっさんみたいな歩き煙草で移動を始める。彼氏の前では見せれん姿。あーダル。

従業員用の通用口へ向かった。入口付近でプロレスラーみたいに体格のいい主任の剛田隼人――仲間内では『班長』で通っている彼と出くわす。成人式で銀髪に染め上げていた頭は、すっかり元の黒髪に戻っていた。

「おう、おはよう、瞑花」

「おっはよー。班長」

「ここでは主任だっつってんだろ」

「ハイハイ。で、なに持ってん？　灰皿？」

班長はニヤニヤしながら、

「今日から敷地内禁煙」

「えーっ」

「残念だったな。寮に男を連れ込んでる罰だ」

「ざっけんな！　関係ないやろ！」

班長には恋児のことはバレバレだけど、それと職場の禁煙は関係ねえだろーが！

抗議の声も無視して、班長は乱暴にウチの咥え煙草を引ったくると、もう片方の手に持つ灰皿に突っ込んでいってしまう。

おい！　今日からどこで煙草吸えばいいんだよ。

不満たらたらで詰め所まで行く。ロッカーに鞄を突っ込んで、店名入りのエプロンをつけた。胸元の名札はつけっぱなしだ。

と、知らないおばさんが詰め所にいた。少女みたいなツインテールをしている痛いおばさんだ。胸元の名札のところに『研修中』のバッジをつけている。ああ新人さんか。たまに新しい人が補充されては出ていく。バイトさんは気軽でいいね。

パンッと手を打つ音が聞こえてきた。

「よーし、朝礼始めるぞ」

灰皿を片付けてきた班長の隼人が、主任としてみんなを集めた。

「業務上の大きな連絡事項はないが、レジ係で新しい人が入った。じゃあ中野さん、自己紹介を」

「はい」

中野と呼ばれた彼女は、みんなの前に出て向き合ってきた。

「中野明日香と言います。今年で五十歳です。コンビニで働いたこともあります。よろしくお願いします」

ぺこりと頭を下げると、ぱちぱちとまばらな拍手が起こる。

班長がウチを見てきた。

「教育係は瞑花で」

「は？　なんでウチ？」

「おまえ一応、社員だろ。そろそろ教える立場やれよ」

「えー……」

ざっけんな、そんな面倒くせえことやりたくねー、って内心では思っていたけど、

「主任命令な。じゃあ皆さん、今日も一日よろしくお願いします」

そして三々五々に従業員は散っていく。ウチは明日香というおばさんを見た。朗らかな笑みを浮かべて「よろしくお願いします」と会釈してきた。

あー嫌だな。

この人、ウチの母親にちょっと似てる気がする……。

◇

「いらっしゃいませ」

ポイントカードはお持ちですか？　レジは今日も、長蛇の列だ。スーパーマーケットとホームセンターを融合させた形態のこの店は、食料品や衣料品、日用雑貨を車でまとめ買いしに来るお客さんが多い。

「レジ袋は、お持ちですか？」

バター、卵、キャベツ、冷凍ピザ。一つのカゴにひしめく商品を素早くつまみ上げ、高速でバーコードをスキャンする。

隣でサポートに入っている明日香が会計を担当し、二人で手分けしてお客を捌いていく。若作りしたツインテールは痛くて目障りだけど、コンビニでバイトした経験もあるから、明日香は即戦力に近かった。

よかった、こういうところは『あの人』には似てない。あの人は仕事ができない女だった。子どものウチから見ても鈍くさくて、女を売りにするしか能がないような人だった。

「おい、なんだ、これは？　……おい、聞いてるのか？」

ウチはハッと我に返った。お客さんが仏頂面で、カゴの中を指差している。買ったお寿司が、パックの中でひっくり返っていた。

「申し訳ございません」

慌てて起こしたが、ネタがパックの中でバラバラになっている。

「こんなものが、食えるか！」

この店の常連客、クレーマージジイだった。カゴに山盛りに積み上げた商品の中に、お寿司やショートケーキのパックを紛れ込ませ、不安定に傾け、レジ係が失敗するようトラップを仕掛ける。

「申し訳ございません、代わりのお品をお持ちします」

「うるさい。わしはこれが食いたかったんだ」

ちっ、うっせーのはてめえだよ。

営業スマイルの頬をぴくぴくさせながら、ウチが噴火寸前で耐えていると、明日香が前に出てきた。

「こちらでよろしいのでしたら、お包みしましょう。ネタがズレているだけで、美味しく召し上がっていただけますよ」

明日香がいやに自信たっぷりに意味深な笑みを浮かべている。

その落ち着きぶりに、じいさんはひるんだ。そしてウチを見て言った。

「あんた、いくつだ？」

ポケットのふくらみを見ている。その顔が硬直していく。

「持っているのか？」

持っていたら、なんや。自分が、撃たれるとでも？

ウチはにこやかに言った。

「新成人なので」

じいさんは気まずそうに目をそらして、咳払いを一つした。

「こちらで構わん。早くしてくれ」

それが精一杯の強がりですか？　ウチは苦笑した。

「ありがとうございます、また、お越しくださいませ」

会釈して見送ってから、ウチは明日香と目を合わせた。明日香はいい年して少女のような茶目っ気のあるウィンクを飛ばしてきた。いい相棒ができた、と思った。


休憩時間。控え室で明日香とランチを共にする。親睦を深めたほうがいいのだろうが、話題を思いつかない。五十くらいの『子』って、いったいどんな生活してんの？

「結婚は……してますか？」

いきなり失礼なこと聞いてしまったか。やや間があって明日香は、

「ひとりです」

と、言った。

「子どもは、います。もう大きいけどね」

「シングルマザー？」

つい口走ってしまい、ウチは謝った。

「すんません、うちも、そういう家庭だったんで。つい」

いいのよ、と、明日香は笑った。

「私の娘はね、ちょうどあなたくらいの年なの」

ツインテールは下を向いて、おにぎりをむしゃむしゃと噛む。ウチもパンをかじる。

なんか、気まずいわー。話題が続かねー……。

黙っていたら、明日香のほうから話題を変えてくれた。

「橘さんは、好きな音楽とかあります？」

はあ、と相づちを打って、ウチは黙る。

ウチの趣味は、かなり特殊。誰も知らないインディーズバンドが好き。だから誰とも話が合わない。

面倒くさくなったウチは、大好きなインディーズバンド名を、早口でぼそっとつぶやいた。どうせ知らない。早々にこの話題を、終わらせるつもりだった。

ところが明日香はウチに向き直り、

「本当ですか」

と、言った。

「解散ワンマン、行きました」

「……嘘やん」

「仕事帰りだったんで、始まる寸前に飛び込んで、最後方に立ってました」

明日香はそう言いながら、バッグの中からスマホを取り出した。ファンクラブ会員だけが持っているステッカーが貼ってある。初回限定版のアルバムだけについてくるモバイルアクセサリーも、じゃらじゃら。

さすがに、ウチも見る目が変わった。

「凄いじゃん」

胸をドキドキさせながらも、まだひねくれ者を鎮められずに、ウチはライブだけでしか歌わなかった、アルバム未収録曲のサビの部分を口ずさんでみる。すると明日香は一緒に歌い出した。ひとこと、ひとこと噛みしめるように。

ウチは目を丸くして明日香を見つめた。

「全然若いじゃん……あ、ごめん、なさい」

「いいのよ。もう五十のおばさんだもの」

明日香は、けれど少女のように微笑んで、

「でも私だって、まだまだいけるわよ」

いたずらっぽく口端をつり上げる。「いける」っていうのが男女的なニュアンスだと直感できて、ウチは「やだー」と苦笑してしまった。なかなかユーモラスな人だ。でも、中身はいくら若々しくても、こんな五十路のおばさんとヤルような男なんてさすがにいないんじゃね？

それから数日、明日香のことが少しずつわかってきた。

明日香は二十代前半で、できちゃった婚をしたんだ。でもそれから家庭に縛り付けられちゃって、若いころの生活というのが全然経験できなかったんだって。ずっと家庭、家庭、家庭の毎日だった。子どものことは大好きで、それに後悔はないけれど、子どもが大きくなって自立したら、また自分の人生を生きたくなったみたい。

「今、第二の人生ってやつを楽しんでるの。子どもが生まれる前、夫に出会う前の自分に戻ろうって思ってね」

「へえ」

第二の人生、か。いいね。ウチそういうの好き。明日香のことも応援したくなっちゃう。けれど明日香は自信たっぷりってわけでもないようで、

「いろいろ若作りしたり。この髪型もね、昔と同じなの。痛いよね」

少女のようなツインテールを気にする素振りを見せる。

「そんなことねーって」

ウチは思わず励ましていた。

「いいと思う。可愛くて、若々しくて」

「そう？　ありがとう」

明日香は優しく微笑んでくれる。ああ、いいじゃん、って思ってしまう。こういう母親がよかった。堂々としてて、若作りも自分を磨くためとかで。強い女性なんだろうなあ、明日香って。

うちの母親とは、雰囲気は似てるけれど、中身は正反対だ。

×　×　×

うちの母親は、昔から問題のある女らしかった。

まだウチが小さかったころ、アパートの近くの公園で遊んでいると、知らないおじさんに声をかけられた。うちの母親と中学が同じじって言ってた。

「おまえの母ちゃん、昔からお股の緩い女でな」

「？」

「中学のころにはもう、先輩たちとヤッてたんだ。男を取っ替え引っ替えでよ。どうせ大人になっても変わってねえんだろ。なあおい、おまえ、お父さんって何人いるんだ？　すぐ新しいお父さんが現れるんじゃねえか？」

ニヤニヤ。男の口元が気持ち悪くて、ウチは泣きそうになって、逃げ出した。

お父さんが一人じゃないことは、そのときのウチにもわかっていた。母には『よくしてくれるおじさん』が何人かいて、その中から時々『お父さんになる』人が出てくるのだ。

そのことを改めて母に問うと、「お金がないんだから仕方ないでしょ！」とビンタされた。

大震災のあと、少しでも裕福な暮らしを求めて実験都市フクツマに移り住んできた。母は「もうこんな生活はたくさん」と口にしていた。フクツマでなら生活に困らない。ベーシックインカムによって最低限の補償を受け取れる。学費や養育費もタダ。ウチたち親子は新しい人生を手に入れたはずだった。

だけど母は変わらなかった。

ウチは小学校で、ある日を境にイジメられるようになった。クラスメイトのある男の子とキスしろと命令された。ウチの母と彼の父が、そういう関係になったからという理由によってだった。母は保護者会で知り合った年下の男と不倫し、それがバレて、多額の慰謝料を請求されていた。

まもなくウチはフクツマ市内で転校したけれど、変わったのは場所だけだった。母は何人もの男と関係を持ち、離婚と再婚を繰り返した。

ウチは中学に上がってすぐ家出の常習犯になって、喫煙者になって、お酒も飲んで、警察に何度も補導されて、母と繰り返しケンカした。

ある日、夜の繁華街でうろうろしていたら、知らないおじさんに話しかけられた。二万でどう、と言われた。金欠だったウチはそのおじさんについていった。

おじさんはまずご飯を食べさせてくれて、ニヤニヤしながら、学校のことを聞いてきた。おじさんが中学のときは社会の成績は学校で一番だと言った。死ぬほどどうでもよかった。

ウチは気づいたら母と同じことをやろうとしていて、会ったばかりのおじさんとホテルに向かって歩いていた。

そういう血筋なんだ、と諦めかけていた。

けれど――。

ウチとおじさんの前方を塞ぐ人たちがいた。それは見知った顔だった。

「な、なんだ君たち！」

おじさんが動揺した。パンッと渇いた音が鳴った。

「よお、おっさん。そいつ、オレ様の連れなんだわ」

クラスメイトの剛田隼人――通称、班長が、拳骨をもう片方の手のひらに打ち付け、バチンバチンと威嚇していた。体格もプロレスラーみたいで、喧嘩っ早い班長はもう堅気に見えない雰囲気を放っていた。

「援助交際って罪なんですよね」

とガリ勉メガネのミエハルが、その黒縁メガネをくいっと上げて格好つけている。

「いやー、みんなを集めるの大変だったよ」

ダメイケメンのアキラがへらへら笑っている。

そして姫南、その金魚の糞の友美が近づいてきて、ウチの手を引っ張った。おじさんの元から引き離される。

「アキラくんが繁華街であなたを見つけて、集合をかけてくれたの」

「まったく、こんな時間に煩わせないでよね」

姫南は優しげだけど、友美は皮肉っぽい。

そしてヒロクンも前に出てきた。

「やれやれだな。この不良。みんなを心配させやがって」

「なん、で……」

なんで、第三班のみんなが集まっているのだろう。たかが林間学校で同じグループに割り当てられただけのクラスメイト。

「そう言うな」

班長はポケットからメリケンサックを取り出し拳にはめた。

「友だちだろ」


おじさんはたじろぎ二万円をその場に置いて、これで勘弁してくれと去っていった。脅しも利くもんだな、班長が手を叩くとメリケンサックの金属音が鳴り響いた。

「んで、瞑花。おまえは本当に行くところがねえのか？」

最近は学校をサボりがちだったから、家出の噂を聞いたんだろう。

「……うん」

「ならオレ様んとこに来い。働き口と寮の部屋が余ってる」

「えっ……」

唖然とするウチに、ヒロクンが補足説明してくれた。

「瞑花、『トライアングル』っていうスーパー知ってるだろ。ホームセンターも兼ねてるようなところ」

「うん……」

「あの南フクツマ店って、班長の親父さんが責任者なんだ。で、班長がこういう性格になったのは親父さん譲り。親父さんもけっこう融通を利かすタイプなんだよ。大震災のあとも、人助けみたいなことかなりやってるし」

班長は兄貴っぽい笑みを浮かべて、

「事情を話せば、力になってくれるはずだぜ。だからうちで働け、瞑花——じつはオレ様も裏方でバイトしてんだよ。学校には内緒でな！」

世界が開けた気がした。


それから、ウチは班長の親父さんに厄介になった。剛田家には母親がいなかった。大震災で亡くなったみたい。けれど親父さんはそこで挫けず、多少のルールをねじ曲げてでも人々のためになることをしよう、って決めたみたいだった。かあちゃんが天国から見てるからな、って、班長も言いそうなことを親父さんの口から聞いたときなぜか安心した。

　そうしてウチの第二の人生が始まったんだ。

×　×　×

『今日、仕事だろ。送ってってやるよ』

　ある朝、恋児からLINEのメッセージが飛んできた。彼はこういう、いきなりなことをよくやって、ウチを振り回す。

　支度を調えて部屋から出てみると、寮の駐車場に、恋児の軽ワゴンが停車していた。

　助手席に座ると、ウチの膝に、綺麗に額装された写真が置かれた。

「ジャジャ〜ン、どう？」

　恋児が働くスタジオで、恋児に撮ってもらった、成人式の晴れ着姿の一枚だ。

「椅子の雰囲気と合わせて、額縁もアンティークなものにしたんだ。成人の日のお祝い。おめでとー」

　ウチは額装写真を胸に引き寄せた。思わず、涙があふれる。

「ありがとう、ほんと嬉しい」

「なんだよ、どうしたんだ？」

　恋児は、ウチの頭を撫でた。

だって、恋児って絶対モテる男だし、フォトグラファーとしての才能にも恵まれてる。こんないい男がウチに尽くしてくれるのが、本当に嬉しくて。

「さっ、シートベルトして。仕事に遅れちゃうよ。額装写真は、また夜にでも届けに行くから」

「えっ、今夜も来てくれんの？　嬉しい！」

ウチはテンションマックスになって、やっほーっと叫んだ。異性を寮に泊まらせるのは規則違反だけど、お祝いしてくれるんだもん、今日くらいイイよね。って、そんな言い訳を何回も繰り返しちゃってんだけど。

「何時ごろ来る？　ご飯とかどうする？　ねえねえ、泊まってく？」

けれど恋児は、なにか考えている様子で黙り込み、

「今日はゆっくりできないんで、ポスト投函になるけど……また連絡するから」

と、消え入りそうな声で言った。

しまった。がっつき過ぎたかな。ウチは取り繕うような笑みを浮かべた。

「うん、充分だよ」

「悪いね。ちゃんと埋め合わせはするから」

車はスピードを上げ、スーパーセンター『トライアングル』へ到着した。

軽く手を振って別れる。なんでもない日常のようにも思えた。

けれどこのときには、すでに兆候は出ていたんだ。

◇

数日後――。

「ねえ、明日香は浮気されたことある……？」

二人でランチを取っているときに、ウチがぼそりと言うと、明日香は少しだけ固まってウチの目を見てきた。

「瞑花ちゃん、もしかして……」

「……うん、たぶん」

小さく頷くウチ。涙が溢れ出そうになる。明日香は海苔弁を突いていた箸を止めて、居住まいを正した。

「どうして浮気されたって思うの？」

「最初は、最近ちょっと冷たいなってくらいだったんだけど……。彼の車から、女の匂いがするし……。それを問いただしたら、仕事の関係者だってことなんだけど。業務でも使ってる車だからって……だけど、ウチの目を見て言ってくれなくて……おかしいなって思って……」

「そっか……。私も最近、瞑花ちゃん……、元気があんまりないなって思ってたんだけど、そういうことだったんだ」

明日香はこちらを思いやるような優しい口調で、そう言ってくれる。それが嬉しかった。

「ほかには、それらしいのある？」

「前々から、恋児の家に連れてってくれないとか。同居人がいるからって……」

「同居人……それが女性だってわかるの？」

「証拠はない……けど、ウチには知られたくないなにかを隠してるってことはわかるし。ウチ、大切にされてないいんじゃないかって」

涙が出てくる。ウチはずずって鼻をすすった。

明日香は堪らずといった調子で、ウチの手を握ってきた。

「元気出して、瞑花ちゃん」

「ありがと」

ウチも手を握り返す。ああ、本当、明日香みたいな母親がよかったな。こんなに親身になってくれるなんて……。ウチはあの人に相談なんてなに一つできなくて、したくなかったけれど、明日香になら、なんだって相談できそうだった。

「明日香は、もう旦那さんとは別れたんよね。浮気されたりせんかったん？」

明日香は若いときにできちゃった婚して、その後二十年くらい家庭に縛り付けられてたって言ってた。その間、旦那さんは余所に女を作ったりしなかったんだろうか。

「そりゃ怪しいことはたくさんあったわよ。キャバとか風俗とかの怪しい名刺見つけたりしたし。あの人に問い詰めても、仕事の付き合いで無理やり渡されただけで、行ってない、とか言い張ってたけど、絶対行ってるし」

　男なんてそんなもん、って肩をすくめるのが、なんかおかしくて、ウチは笑っちゃった。

「でも、特定の誰かと不倫してるってのは、私は気づかなかったかな……。一回、本当に疑ったことがあって、へそくりはたいて探偵さんに調査してもらったことがあるのよ」

「探偵に調査」

　驚いた。テレビドラマでしか聞かないような話だった。

「でも結果は白だった。定期的に会っている女性はいたけど、それはビジネス上の相手で間違いなくて、それ以上の関係には発展していなかった。もし黒だったら、離婚して多額の慰謝料をふんだくって、養育費も払わせられたんだけどね」

　惜しかったな、ってイタズラっ子のように笑う明日香。そんなお茶目な仕草を見てたら、ウチも楽しくて、元気が出てきた。

　明日香には一人娘がいるって話だった。だからたぶん、若い子から相談を受けるのは慣れてるんだと思う。たしかウチと同い年くらいだって言ってたな。

　いいな、娘さん。羨ましい。こんなお母さんがいたら、きっと心強いだろうな。

「ね、明日香の娘さんって見てみたいよ。写真とかあるっしょ？　見せてよ」

「ええいいわよ。見てみる？」

　明日香はスマホを操作して、「はい」と画面を見せてきた。

どれどれ。ウチはそれを覗き込む。明日香は若いころは可愛い系の女子だったと思うから、娘さんもきっとツインテールが似合うようなロリっぽい娘なんだろう。友だちになれたりすっかな、そう思った。

――だけど、ウチはその写真を見て硬直した。

ラパン――。見たことのあるうさぎの形のクッキーだ。そう、この前恋児がくれたやつと同じ。

それを手に持って、可愛いでしょと言わんばかりに笑っている、明日香の娘さんの隣には、まるで恋人のように一緒に笑っている恋児が映っていた……。

× × ×

俺が『一発の銃弾法』について、いろいろ調べているときに、

『ヒロクン、今家にいる？　いるだろ。いろよ！』

珍しいことに、あの元不良少女で、金髪のねーちゃんで、好きな男の前ではナリを潜める暝花から、個人LINEが飛んできた。前回はいつだったか……、まだ高校のときに勉強を教えてほしいとか、だいぶ前のことだったような気がする。なにか緊急事態でも起こったのか？

『いるけど』

と返しておく。

『一発の銃弾法』

政府がろくに説明しないまま施行されてしまったため、考察サイトが立ち上がってきたり、検証動画がネット上にアップされ始めてきた。

俺がここまで調べた中で、一番過激でイカレていたのは『満員電車で一発の銃弾を撃ったら何人貫通するか』というタイトルだった。一発の銃弾法はなにを撃っても傷害罪や殺人罪に問われないため、人混みで無差別に発砲するようなテロ行為を働いても、罪には問われない。これを許可した政府は正気じゃない。ただし今のところそういった事件は実際には起きていないので、ネット上だけの話に留まっているのだろう。

ネット上では様々な角度から議論が繰り返されている。満員電車で発砲するのはテロ行為に違いないが、その一方で、新成人自警団らしき存在に怯える人たちの無謀な振る舞いは減少傾向にあると言われている。

俺は大きく溜息をついた。この法律を強行採決した政府、民営党は、どこまで先を見据えた上で施行させているのか……。

このパズルを紐解くことに頭をフル回転させている矢先に玄関のチャイムが鳴った。

瞑花が俺のアパートにやってきたのだろう。俺は玄関ドアを開ける。

割と美人な金髪のねーちゃん、という表現が似合う瞑花。しかし彼女の能面のような無表情を見たら、またなにか面倒ごとを持ってきたな、というのは直感できた。

「どうした」

「とりあえず入る」

宣言されて、俺は道を空けた。

「ん」

リビングまで来た瞑花は、しけた部屋、と文句を言って、

「彼氏に浮気されたみたいだから、調べろハゲ」

ハゲとか八つ当たりされるのはともかく、というか俺はハゲてないんだが。

「探偵をやれってこと」

「探偵だったらお金を取るよね」

「友だちだから無料でやれ、と？」

「そう」

「この会話おかしくないか？」

「全然」

瞑花は近くにあった椅子に座り、我が物顔でふんぞり返る。他人の家に無理やり押しかけてきて、なんて偉そうな女だ。こりゃ彼氏も浮気したくなる。

「なんか言った？」

「いや」

「煙草は吸っていいの？　いいでしょ」

バッグから取り出しながら、イライラした様子で言ってくるが、

「我慢しろ」

と俺はドライに返した。すると瞑花は露骨に舌打ちして腕を組み、貧乏揺すりを始めた。相変わらず感情が表に出るやつだ。内心で「ざっけんな」と言っているに違いない。

「それで、どう調べろって」

俺は自分のデスクに向かった。PCを扱うのは好きで、プログラミングもかじっている。画面はマルチディスプレイで縦置きと横置き。ノートPCもある。

「だから、彼氏の浮気の証拠を見つけてほしいんだって」

「そもそも俺は、おまえの彼氏と会ったことはない。ひょっとして以前、第三班の集合場所に、おまえを車で送ってきたあのチャラ男か」

「そう。寺田恋児っつーの」

瞑花がスマホを操って、漢字を見せてくれた。恋する児童って書いて恋児か。ホストの源氏名みたいだな。本名かどうか疑わしいところだ。

「顔写真はあるか」

「ある。送るからちょい待ち」

瞑花がまたスマホを操ると、俺のスマホが着信した。添付された画像に瞑花と仲よく写っているのは、たしかに、以前に少しだけ見かけた人物だ。

「なかなかの男前だ。モテるだろうな」

「だから困ってんの。次に送る写真、見てみ」

言われたとおりに次の写真を見てみると、チャラ男の隣には瞑花でない女が笑っていた。俺の知らない若い女だ。瞑花よりもやや年上に見える。

「これが浮気相手か？」

「その疑いがある女、ってこと。じつは最近、うちのスーパーにバイトで入ったおばさんがいるんだけどさ」

「ははあ、その娘さんの写真に、彼氏が写っているのを見つけたわけだ」

「……なんでそんな、一瞬でわかんの」

昔から物事を関連づけて考えることだけは人より優れている自負がある。

「だが、写真一枚だけじゃ浮気かどうかはわからないな」

「でもさ、恋児って最近冷たくて、いろいろ隠し事してるみてーだし。その写真も最近のものだって。明日香っていう、その写真の女のお母さんが言ってた」

「バイトのおばさんなんだな」

「そう。写っている相手も恋児で間違いねえの。恋児って駆け出しのフォトグラファーだから、モデルになってくれる人を探したりしてて。ウチともそれで出会ってるし」

「で、新しい女ともモデル探しで出会ったと」

瞑花はムッとした。

「ウチは古くねえよ！」

「……悪い、そういう意味で言ったんじゃない」

いずれにせよ、モデル探しという名目でナンパしていた可能性は否定できない。フォトグラファーは一流じゃない限り儲かる仕事ではないだろうし、複数の女の家をハシゴしているヒモのような男かもしれない。

瞑花は次にバックを漁り、一枚の紙切れを「ん」と差し出してきた。

「明日香の履歴書」

「履歴書？　スーパーから盗んできたのか」

「コピーしてきた」

一緒だ。個人情報の持ち出し。社外秘の情報漏洩。

「バレたらクビだぞ」

「いいから、調べろ」

命令形の、有無を言わさぬ口調だった。これは相当、頭に来ている。

瞑花は昔からなりふり構わないところがあった。家庭環境にトラウマがあって、そこから抜け出すサポートをしてくれた会社には恩義を感じているはずだ。しかしそれを裏切ってでも、彼氏の浮気の真相を確かめようとしている。

「班長は知っているのか」

第三班の班長だった剛田隼人。俺たちの兄貴分だ。瞑花にとっては職場を取り仕切る主任でもある。

瞑花は目をそらした。

「……班長には黙ってて」

俺は天井を見上げて、息をついた。

「班長を巻き込むわけにはいかないか」

「うん、班長だってエリちゃんと結婚して、今が大切なときじゃんか。迷惑は……かけたくない」

エリというのは、班長が高校時代から付き合ってきた彼女で、今はもう入籍して妻になっている。

ここで班長が会社をクビになってしまうと家庭にもヒビが入るだろう。

「な、ヒロクン。お願い！　調べて！」

瞑花は両手を合わせて拝んできた。

「ウチも班長やエリちゃんみたいに、ちゃんとゴールインしたい。恋児が浮気者かどうかハッキリさせてーの。協力して」

純情可憐に変身した瞑花が健気に結婚を夢見ているようなことを言っている。

俺は手を貸すことにした。

「おまえの白い拳銃を渡せ」

「……は？　なんで？」

顔を上げた瞑花は、ふたたび能面のような無表情に戻っていた。

俺も目を細める。

「その恋児くんが浮気者だと判明しても、彼を撃たないと約束しろ——それが条件だ」

瞑花は冷たい目をして、

「なんで、あんたにそんなこと約束しなきゃいけねーんだよ？」

「イヤなら、ほかを当たるか？　高いカネを払って探偵を雇うか？　ヘタに動けば会社に迷惑がかかるぞ」

瞑花は感情的な女だし、彼氏の浮気が確定したら復讐するだろう。それを見過ごすほど瞑花の味方にはなれない。友だちには誰も他人を撃ってほしくない。たとえ、どんな理由があろうともだ。

「……」

瞑花は少し考える間を開けてから、嫌味なくらいに露骨に舌打ちして、バッグから白い拳銃を取り出した。

「ん」

「……よし」

俺は受け取って、引き出しに入れる。そこには俺の拳銃もある。

「じゃ、調べますか」

俺は指を鳴らし、首をポキッと鳴らして、ＰＣに向かった。

プログラミングで、ある程度の探索ツールは用意してある。これを走らせて、ネット上で『寺田恋児』に関連するデータを漁る。ブログやSNSで同姓同名が見つかるし、あるいは『R・terada』のような関連が疑われるワードも検索対象に引っかかる。それと併行して、浮気相手の母親だという『中野明日香』に関する情報も調査していく。その両者が同時に引っかかる項目もだ。複数のPCで同時進行させれば時間は短縮できる。無関係な情報を選別し、本当に必要な情報だけを取捨選択するのことができれば辿り着く可能性が上がる。

「凄い、画面がSF映画みたいになってる」

後ろから覗き込んできた瞑花が、走っているコードやマクロを見て感想をこぼした。難しいことをやっているわけではない。やり方がわかれば誰にでもできる。

寺田恋児というフォトグラファーの個人サイトはすぐに見つかった。ポートフォリオを瞑花に確認させてみると、たしかに恋児が見せてくれた写真と同じだという。そのほかSNSの情報とも合わせて考えてみると、寺田恋児というフォトグラファーは実在する人物で間違いないようだ。

明日香さんに関しては、その娘に焦点を当ててデータ収集をした。名前が『沙耶香』ということは判明。沙耶香がインスタに上げている写真に恋児が写っているのもある。だが、それはあくまでも「プロのフォトグラファーに撮ってもらった！」と自慢しているだけのものだ。

「沙耶香にはほかに彼氏がいるな。ラブラブっぷりをインスタに上げてる」

「マジじゃん。恋児とは関係ねーのかな」

結果は白か。そう思ったのか瞑花はほっと安堵したが……。

「ん？　なんだ、これは」

「どうしたの」

「いや、アカウントの紐付けで、ポルノサイトにつながってるようだ」

「ポルノ？　恋児がエッチなサイトに登録してるってこと？」

「まあ、男ならあり得る話だが」

しかし瞑花は、ざっけんな、と不機嫌な顔をした。ウチという可愛い彼女がいながら別の女のＡＶを見ているのが気にくわない、という感じだ。

「そのサイト、開いて」

「えぇ……」

「いいからやれよ」

有無を言わさぬ口調だった。俺が躊躇していると、瞑花は勝手にマウスを動かしてリンクをクリックした。

出てきたのは、なにかのプレイリストなのか、チャンネルなのか、三つくらいの動画のサムネイルが置いてあるだけだった。全員同じ女性がサムネイルに写っているから、続編だろう。タイトルは英語表記だが、タグは日本語という、半端に隠そうとしている感じだ。『個人撮影』とある。そこでこれが、アップロードされたものだとわかった。

「視聴してる側じゃない。恋児は作っているほうだ。これは恋児が上げたポルノ動画なんだよ。なるほど、フォトグラファーだけじゃなくて、ポルノの配信で稼ぐ方法も思いついたってわけだ」

まだ一人分の動画しか上がっていないようだ。配信日もつい先日みたいだし、最近始めたのかもしれない。

個人配信者でも、当たれば数億も入ってくるのがポルノ配信だが、出演女性には多額の前払いが必要だろう。先立つものがない恋児は、安く使える熟女を使ったようだ。

「危なかったな、瞑花。おまえも騙されてAV女優にさせられていたかもしれないぞ……って、どうした？」

瞑花がただでさえ大きな目をさらに見開いて、凝然と固まってしまっている。

瞑花は無言で動画をクリックし、再生させた。

ツインテールの若作りした女性が、ソファーに座った状態で、インタビューを受けている。気恥ずかしそうな照れ笑いを浮かべて、嘘か本当かわからない名前や年齢、出身地を語っている。

「明日香だ……」

「えっ」

俺は喉が詰まるような思いだった。濃い化粧や雰囲気の違いで気づかなかったが、言われてみればたしかに、履歴書の写真や検索で出てきた中野明日香の顔だ。

瞑花は動画を凝視している。男の声でインタビューは続いていた。

『今回はアスカちゃんから出演希望したんだよね。どうして？』

『えーっ、私からじゃないよお。くすくす……でもまあ、第二の人生に踏み出して、新しいことに挑戦したくなったっていうか……えへへ』

インタビュアーに向かって媚びている様子が窺えた。お菓子を食べながら、まるで十代の少女が、王子様みたいなイケメンに甘えている感じだった。

瞑花は小刻みに震えながら、瞬きせずに、ディスプレイに穴を開けんばかりに一点を凝視し続けている。

『じゃあ、そろそろ始めよっか』

『え〜、えへへ』

画面に、強盗のような目出しニット帽のマスクを被った裸の男が登場した。個人撮影のようだから、インタビュアー兼監督だろう。ソファーの女に近寄っていく。

「これ、恋児くんか？」

音声でわかったはずだし、あの裸も瞑花には見覚えがあるだろう。しかし瞑花は答えなかった。その視線の先で、マスクの男とツインテール熟女が熱烈なキスを始めた。押し倒された女の手から、うさぎの形のクッキーがこぼれ落ちた。

「ラパン……」

瞑花がつぶやいた。それで俺もすべてを察した。

なんてことだ——。恋児は黒。しかもただの浮気ではなかった。ポルノとして撮影し、それを金儲けの道具にしていたのだ。しかもその出演者は瞑花の同僚だとは。

どんどん過激になっていったので、俺は動画を止めた。

「もういいだろ」

瞑花は顔面蒼白になっていた。数秒か、それとも数分か、そのまま時間が止まったように固まっていた。それからようやく言った。

「……タバコ、吸わせろよ」

「……わかったよ、一本だけな」

あまりに居たたまれなかったので、俺は許可してやることにした。

「灰皿持ってくる。空き缶でいいよな？」

瞑花は伏せ気味の顔で、わずかに頷いた。

俺はキッチンへ行き、空き缶を探す。最近まとめて捨てたばかりだったから、すぐには見つからなかった。

そうこうするうち、瞑花はなにも言わず、覚束ない足取りで出ていった。

「おい」

と俺が声をかけても、反応しなかった。玄関ドアが閉まる。

様子が気になる。一人で帰すべきではなかったかもしれないと遅れて気づいて、窓から外を伺ってみた。

アパートの敷地を出て、瞑花が歩道を数歩あるく。

そしていきなり、猛然とダッシュし始めた。

「くそ！　恋児を殺すつもりか！」

預かった瞑花の拳銃。それは机の引き出しに入れておいたが、開けられた形跡があった。

俺は自分の迂闊さを呪いながら、寺田恋児がいそうな場所を洗う。恋児は今日の撮影に関する情報をツイッターでつぶやいており、スタジオの名前も出ていた。ナビアプリでそこへの最短ルートを弾き出す。よし、先ほど瞑花が向かった方向とは違うぞ。先回りできそうだ。

引き出しに入れていたもう一つの拳銃を取り出して、俺も慌ててアパートから出る。

最寄りの駅で電車待ちをしているときに、ツイッターで恋児に絡むことを思いついた。瞑花の友だちで、瞑花の件で重要な話があると言えば、こちらに興味を持ってくれるだろう。それでも反応がなければ、ポルノの件で突《つつ》いてやる。

×　×　×

ウチが銃口を向けると、明日香は青ざめて後退した。

「そんな……どうして、瞑花ちゃん」

場所はウチの職場、スーパーセンター『トライアングル』の南フクツマ店、その業務用冷凍庫。従業員の出入りも少なくて、扉を閉めてしまえば密室になる。内側から鍵はかけられないけれど、内緒話をするならここだ。

今日、明日香がシフトに入っているのは事前にわかってた。

どす黒い感情が、ウチの胸に渦巻いてる。毒蜘蛛の妖怪に取り憑かれたみたいな破滅的な気持ちだった。

「あんたポルノに出てたよね」

明日香は目を見開き、さらに蒼白になった。

「あんたから誘ったんだ？」

「ち、ちが……なんのことだか……」

しどろもどろになる明日香。いい年した大人が、みっともねーよな。

いーや、こいつも大人なんかじゃねーんだ。ウチの母親と同じで、中身はずっと子どものまま。頭空っぽで、男に媚びるしか能がない愚図なんだ。

「相手がウチの彼だって知ってて媚びたの？　ねえ？」

「えっ……ちょっと……意味わからないわ……ねえ、拳銃おろしてよ。冷静に話し合いましょ？」

取り繕ったような、媚びるような笑み。それがまた、ウチの逆鱗に触れた。

「ざっけんな！　クソババア！」

ウチは叫んだ。

「あんたなんかに、恋児を穢されたくない！　恋児はウチだけの男なんだ！」

「ひぃ……！」

明日香がビクつく。

×　　×　　×

しばらくして俺は恋児からフォローバックされ、ダイレクトメールが来た。こちらを不審がっている様子だ。当然だろう。しかし『ヒロクン』という友だちに関しては瞑花から話くらいは聞いていたらしい。

俺は簡潔に状況を説明する。瞑花にポルノの件がバレて、ぶち切れた彼女がそっちに向かっているのだと。

しかし恋児は取り合わなかった。

『キミ、ヒロクンくん？　あんまり女心わかんないだろ。瞑花が向かった先は明日香さんだ』

俺は息が詰まった。

『女ってのはな、浮気した男はあと回しだ。先に恋人を寝取った女を殺しにいくよ。俺にとっても明日香さんは用済みだし、むしろ死んだってなれば話題性もつく。あれはお宝ビデオに化けるかもしれねえな。変態がうようよ寄ってくるぜ』

こいつ――。瞑花の一発の銃弾を利用して、明日香さんのポルノの価値を高めるだなんて。そして瞑花がそこで一発の銃弾を消費してしまえば、次に恋児が狙われることもない……。

『俺は高みの見物としけ込ませてもらうぜ。じゃあな、用無し君』

ブロックされた。

「くそっ……！」

最初から狙ったにせよ、偶然そうなったにせよ、この寺田恋児という男はろくな人間じゃない。ぶん殴ってやりたいところだが、あと回しだ。

瞑花。あいつは今どこにいる。狙いは中野明日香。彼女がいる場所は――。

×　×　×

ウチが引き金を引こうとした瞬間、ドアが開いて班長の隼人が入ってきた。

「瞑花、なにやってんだ！」

「班長……」

ちっ、邪魔が入った……。ウチは肩越しに振り向いて舌打ちした。明日香は当然のごとく被害者ぶって「主任！　助けて！　殺される！」と叫ぶ。また男に媚びてる。なんてイヤらしい下賤な女……。

「班長は下がってろ。一発の銃弾はウチの権利なんだよ……邪魔すんな」

ふたたび明日香に照準を合わせる。明日香はまたビクついた。

だけど班長があいだに割って入ってきた。

「……おまえには撃てねえよ」

「はあ？」

なにを言ってんだろ、班長は。

「撃てるに決まってんだろ、決まってんだろーが。どけよ、班長！　あんたごと撃つよ！」

「いや、ヒロから電話があった……。理由はよくわからねえが、あのヒロが、絶対に瞑花は撃てないって言い切ったんだ。拳銃よりも、包丁とかに注意しろって言ってた」

「……は？　どういう、意味だ？」

拳銃は撃てない？　包丁のほうが危ない？　どういうこと？

——関係ない。とにかく明日香は生きてちゃいけねえんだ。

ウチは明日香を撃ち殺す！　そう決めたんだ！

「死ねぇ！　明日香ぁ！」

「ひぃ！　やめてぇ！　撃たないでぇ！」

明日香は縮こまって防御姿勢を取った。無理だね。そんなんで銃弾が防げるはずねーじゃんか。むしろ丸まって狙いやすくなったよ。

班長が少し邪魔だったけど、体を張って明日香の盾になるようなことはしない。そう、明日香にそんな価値ねーもんな……でも、班長の確信に満ちた表情は、ヒロクンの言葉を信じ切ったような顔だった。

ウチが撃てないって？　舐めんな！　ウチはそんなヤワな女じゃない！

「うわあああっ！」

叫んで、ウチは明日香に向かって固い引き金を引く。

だけど、カチッと音を立てて引き金が途中で止まってしまった。

なに、これ。繰り返し引き金を引こうとしても、カチ、カチ、と途中までしか動かない。おかしい。セーフティロックは外してあるはず。不良品でも掴まされたっての？

「ハッ……ヒロの言ったとおりだな」

班長が笑って、ウチの腕を取ってねじり上げた。

「痛いっ！　放せ！」

「うるせえ。うちの店で勝手なことしやがって」

「ざっけんな！　いいだろ！　一発の銃弾はウチの正当な権利なんだよ！　なんで引き金が引けねーんだ、ちくしょう！」

その言葉に答えたのは、班長ではなかった。

「静脈認証だ」

ドアのところに、汗びっしょりで、ぜーぜーと呼吸を荒げているヒロクンがいた。

「白い拳銃には静脈認証による本人確認が仕込まれてる。本来の持ち主以外には撃てないようになってるんだ。最近ネットで検証動画が上がってた」

実験都市は管理社会でもあり、住民の生体データも取られている。そして白い拳銃は、成人式で一人一人名前を呼ばれ慎重に手渡されていた。

「ヒロクン……。でも、これはウチの拳銃のはず……あっ」

ハッとした。あのときだ。ヒロクンが一時的に拳銃を預かったとき、ヒロクンはいつの間にかすり替えていたんだ。

この拳銃は、ヒロクンの拳銃なんだ。

そしてヒロクンは、もう一つの拳銃を懐から取り出した。あっちがウチのだ。

「拳銃はすり替えておいた……だけど拳銃じゃなくても人は殺せる。スーパーなら調理関係で包丁があるから、むしろそっちのほうが危なかった」

「ざっけんな！　ちくしょう！」

ウチは地団駄を踏んだ。どいつもこいつも、余計なことしやがって。

「なあ、どういうことなんだ？」

班長が説明を求めた。よくわからないまま巻き込まれていたからだ。

ウチは胸に溜まったどす黒い感情を吐き出すように、大声で叫んで、じたばた暴れた。班長がねじり上げた腕の痛みもあまり気にならなかった。

班長とヒロクンは、ウチを取り押さえるのにだいぶ苦労したことだろう。

◇

ウチの行いは殺人未遂でもない。誰にも咎められることのない、正当な権利だったはずだ。だけどウチが落ち着くまで、事務所の一室に拘束された。椅子に縛り付けられて。こっちのほうが違法行為だったはずなんだけど。

班長は詳しい事情がわからなくて、ヒロクンがかいつまんで説明した。

けど、ざっけんな、そんなに簡単な内容じゃなかった。明日香はいくつも裏切った。こんな母親がよかったたって思ったのに、結局はあの人と同じで男に媚びるような女だったし、ウチから恋児を奪った最低のクソ女だ。こんなやつ、死んで当然なのに――。

明日香は申し訳なさそうに、謝ってきた。

「ごめんなさい、暝花ちゃん……。彼があなたの恋人だって知ってたら、絶対にあんなことしなかった……ごめんなさい、ごめんなさい。いくら謝っても、謝り足りないと思うけど……本当に、ごめんなさいね……」

許すはずねーだろ。ウチは思いつく限りの罵詈雑言で明日香を責め立てた。呪った。すべて失ってしまえと。娘さんにもポルノがバレて嫌われろ。元夫からも軽蔑されちまえ。恥をさらしながら肩身を狭くして生きていけ。さもなくば自殺しろ――。

だって先にウチを傷つけたのは明日香なんだから、当然の報いだろーが。

……でも、あとになってから冷静に考えてみると、言い過ぎだったんじゃねーかと思う。

「明日香さんも被害者だったんだよ」

ヒロクンがそう言った。

恋児には何人も女がいて、ウチも明日香も、その他大勢の一人に過ぎなかった。そのことをヒロクンが調べ上げてくれた。恋児はホストの経験もあって、多くの女からカネを巻き上げたりもしていたし、裏社会の人間とも少しつながりがあるようだった。ウチに見せていた姿は、氷山のほんの一角に過ぎなかったんだ。

明日香はあの日にスーパーのバイトを辞めた。ウチと同じ職場にはいられないし、会社側としてもポルノ女優を雇い続けるのはリスクがある。明日香はエプロンを脱いで、主任の隼人に深く頭を下げ、部屋を出ていくとき、最後にウチに振り返った。娘に別れを告げる母のような、寂しげな表情だった。

それから明日香さんと再会することはなかった……。

けど、そのときの寂しげな顔が忘れられなくて。

やがて、ウチの一発の銃弾の使い道が決まった。

◇

ある日、ウチは恋児を呼び出した。恋児にはウチと明日香の一件がどういう決着したのか教えていなかった。

二週間ぶりに会った恋児は、ウチとの再会を喜んでくれた。明日香さんのポルノの件は、お金のためにどうしても仕方のないことだったと言って、じつはあれは裏にヤクザも絡んでいて、断り切れなかったと被害者アピールしてきた。本当に好きなのはウチだけで、二度とほかの女と寝たりしないと約束した。

ウチは白い拳銃を取り出した。恋児は引きつった笑みで

「……明日香さんを撃たなかったのか」と言ってきた。

「そんなのどうでもいいよね」

ウチは満面の笑みで返した。

ウチはもう男に騙されるような女じゃない。

拳銃を横に寝かせた、片手で水平撃ちの構え。こっちのブチ切れた顔を相手によく見せられる水平撃ちは、ギャングの処刑や威嚇に使われる、最も相手を怖がらせる拳銃の構え方だとヒロクンに聞いた。

狙いは――恋児の心臓。

「……っ！　待て、本気なのか⁉」

恋児の顔がみるみる青白くなっていく。

ウチは口端をつり上げて、酷薄な笑みを浮かべた。

「顔を狙わないのは、ウチの最後の優しさだから」

このセリフの効果は絶大だった。恋児は、震えながら、

「ま、ま、ま、待ってくれ……」

命乞いをしてきたけど、迷わず重く固いトリガーを力一杯に引き絞る——。

バァーン

わざと外して撃ったはずの銃弾は、恋児の左の耳たぶを掠めて鮮血が飛び散った。

「うわああっ!?」

大声で叫んで、恋児が左耳を抑えて転がり回る。ウチはそれを蹴り上げて仰向けにすると、馬乗りになって、ポケットに隠し持っていたナイフを突き立てた——恋児の顔、のすぐ横の床に。

ガッ、と穿った鈍い音がする。恋児は血走った目でウチを見上げながら、「ひっひっひっ」と肺が引きつったような浅い呼吸をした。

「今度、誰かにウチと同じような思いをさせたら、次はナイフで本当に殺す」

顔を近づけて、さらに怒鳴った。

「わかったか!!」

「——!」

気力を失った恋児は、言葉もなく、壊れた人形のようにコクコクと頷いた。

ウチはそれを確認して、床に突き刺さったナイフを引き抜くと、部屋を出た。

外はすっかり夜だった。

ウチは星空を見上げて、煙草に火をつけた。

「ざっけんな」

女は男に媚びなくても、生きていけるんだ。ウチがそれを、証明してやるよ。

清々しい気分で微笑んで、ウチは明日への一歩を踏み出した。

3人目

家族

剛田隼人

約四年前のことだった——。校庭で彼女を見つけた瞬間、目が覚めた。

パンッと手を叩き合わせる。

「おい、あれ、誰だ？」

オレ様は驚きつつ、前方に顎をしゃくる。その方向には三人の女子が並んで歩いていた。運動会の準備をしている最中だから、体操服でグループごとに色分けされた鉢巻きをしているはずだった。しかしなぜか制服の女子がいる。

高二の春先。フクツマから以北は秋の訪れが早いので、だいたい春先に運動会を行うのだが……なんだ、ありゃ。

「誰って？」

隣のヒロが問い返してくる。オレ様はもう一度前方に顎をしゃくって、

「あの、制服の女子」

「さあ。見ない顔だな。体操服は忘れたのか……にしても、真新しい制服だな」

目ざといな。さすがヒロだ。言われてみればあの女子のブレザーの制服は、まるで新入生のようにピカピカだった。

「一年か？」

「いや、同い年みたいだ。あれの両隣は二年の廊下で見たことがある。だが真ん中の制服の子は知らないな。この距離からでも美人ってわかるが」

そこでダメイケメンのアキラが手を打った。

「はっはっはっ。ありゃー、噂の転校生っすよ。たぶん。六組に入った子。えれえ美人だって後ろのほうが盛り上がってた」

後ろのほう、というのは、オレ様たち一組から見た四組以降のことだ。六組までである。

微妙な時期での転校生だが、実験都市フクツマでは物事の動きが激しい。あの子も親の仕事の都合に振り回された口だろう。

「姫南とどっちが美人だ?」

「さあ、タイプが違うらしいっすからねえ。はっはっはっ」

たしかに、遠目から見ても、あれはすらっとした長身のモデル体型だ。姫南が小柄で可愛らしいお姫様だとしたら、凛々しい女騎士のような印象を受ける。

「にしても、なに?　班長、あの子に気があるの?」

なんちゃって、と続きそうなところを、遮る。

「ある。アキラ、ちょっと話しかけてこいよ」

「ええっ。班長、最近新しい彼女できたばっかじゃん!」

「別れるかもしれん」

「ええっ!」

アキラが大仰に驚く。ヒロも目を見開いていた。オレ様には付き合って二週間の新しい彼女がいるから、もう別れるだなんておかしな話だ。オレ様は恋人を次々変えるような軽薄で軟派な人間じゃないって、二人は知っている。だから驚いている。しかし、そんな二人の驚愕の視線を受ける今のオレ様は、自分でも驚くほど落ち着いていた。というより、心が一つに集中していた。前方を歩いている彼女のことしか、考えられなくなっていた。

金本エリ、というのが転校生の名前だった。顔だけはイケメンのアキラが、ピエロみたいにおどけつつ情報を取ってきた。アキラはオレ様のことを「二年の番格」とふざけて紹介した。「バンカクって?」と聞き返され、「番長だよ番長」と昭和の不良マンガのように言われて、オレ様は拳骨でコツンとアキラの頭を叩いた。誰が番長だ。

「へえ……エリになんか用?」

一人称に自分の名前を使うのは、凛々しい見た目に反して幼かった。そのギャップもいい。金本エリは超然と構えて物怖じせず、オレ様と目を合わせてきている。体格のいいオレ様を怖がる女子は少なくないが、ロングポニーテールの凛々しいシルエット、小顔で鼻筋の通ったすっきりした顔立ち。長身のモデル体型で、ドンピシャのタイプだった。

それから一年と三カ月後——。

高三の夏休み明け、受験に向けて最終段階に入る時期。

エリはヒドく動揺した様子で言ってきた。

「子どもができた」

×　×　×

スーパーセンター『トライアングル』の南フクツマ店。その店長に呼び出されたオレは、ガラにもなく動揺してしまった。

「将来的に、この店はおまえに任せたいと思っている」

息が詰まったのはほんの数瞬だ。ふう、と吐き出して、

「わかったよ、親父」

オレは目を伏せてそう言った。わずかな諦観があった。

中学時代から内緒でこの店でバイトを始め、今では親父に次ぐ古株になっている。未来の展望に関しては二つが考えられていた。余所の店に異動なるか、この店で昇進するかだ。

そして今の副店長が今月いっぱいで退き、余所の店舗で店長をやることが決まったそうだ。オレは主任から繰り上がり、副店長を引き継ぐらしい。

「まあ少し不安かもしれんが、そう心配するな。二十歳で副店長というのはたしかに異例だが、主任歴が二年、現場で八年の叩き上げなら問題ないだろ。もっとも、最初の三年は本社に報告できないがな」

中学時代に違法労働していた件だ。他言できるものじゃない。

「親父がオレを推薦したのか」

「まあな」

親父は頬を掻いて、

「言っておくが、身内びいきってわけじゃないぞ。結局この店の現場を一番よく知っているのはおまえだ。オレも持病があって、いつポックリ逝くかわからん。早めに後進を育てておかんといかんからな」

オレはひとまず頷いておく。しかし親父の話を鵜呑みにしたわけじゃない。親父の言い分はもっともだが、やはり身内びいきはあっただろう。後進を育てるというなら、オレを主任に据えたまま、余所から副店長経験者を呼び、オレと副店長で連携を密にしていくという方法もあったはずだ。しかしそうはしなかったのは、やはり息子に対する期待があり、チャンスを与えたかったからだろう。

けれど親父の自己弁護のような説明は続いていた。

「おまえはバイヤーとしての目利きもできるし、ファッションセンスもある。うちは食料品、衣服、日用品と、様々な商品を扱う総合小売店だからな。若いおまえに任せたほうが時流に合わせた展開もできるだろうって判断だ」

「わかったよ」

いずれにせよ、店長の決定ということは本社にも話が通っているはずだ。今度からは副店長として、現場のことだけでなく、もっと広範な見識を持って店全体のことを考えていかなければならない。

「給料も上がるんだろうな」

「当たり前だ」

エリには苦労をかけている。共働きだし、結婚式も身内だけのこぢんまりとしたものだった。指輪も安物だ。いずれもオレの稼ぎが少ないのが原因と言えた。

「よかっただろう。おまえももう新成人、一人前の男だからな。家族を養っていけるくらいの甲斐性はなきゃいかんから」

結局はそういうことか。

「今のおまえの給料じゃあな」

フクツマではベーシックインカムのほか、出産手当や育児手当はかなり手厚い。働かなくても子を産んで育てることは充分にできる。しかしそれは最低ラインだ。結局はより裕福なほうが育てやすい。

親父の想いは……、息子可愛がりでもあり、孫のためでもある。少し早いがオレを昇進させてやろうと。親父なりの祝いなのだろう。

一人目は流産だったからな……。

親父にも、今度こそ、という気持ちがあるのだろう。

しかし次もまた流産だったら……。そのときのことを想像すると、暗澹たる気持ちになる。

瞑花は先日のアルバイト・中野明日香とのゴタゴタを気にしていた。結論から言えば、店舗敷地内の発砲ではないから、内密な件として不問にすることができた。彼氏とも正式に別れたらしい。ヒロがなにか暗躍していたようが、「班長は知らないほうがいい」と言っていた。主任としてのオレの立場を守るためには知らないほうが身のためだということだった。

いつもと変わらぬ様子でエプロン姿の瞑花が事務所に顔を出した。

「店長、サワダデリカの担当者さまがお見えになってますよ」

「おう」

と親父が応えて腰を上げかけたが、なにか思いついたようにオレを見てニヤリと笑った。よくみんなから、親子で同じ笑い方、と言われるニヤリ顔だ。

「おまえが対応してみろ」

「へいへい、言うと思ったよ」

オレは自分のロッカーへ行き、あまり使わなかった名刺入れに新しい名刺を補充した。これから使うことが増えそうだ。もう現場だけでなく、ほかの会社と連携していかなければならない立場になったからだ。

「そうだ」

ロッカー室に追いかけてきた親父が思い出したように言った。

「新成人だからって、白い拳銃持って、へらへらするのはやめろ。みんな不安になるぞ」

へらへらなんてしてねえよ――。オレは怪訝な顔してその場を離れる。懐には常に、刑事のように拳銃をホルスターに入れて所持していた。

◇

即日で、現副店長から業務の引き継ぎに入った。店内作業である仕入れの確認や、会計、関係資料作成だけでなく、現副店長を助手席に乗せて、オレは車を走らせた。関係が深い取引先に挨拶回りをするためだ。商品の受注関係だけでなく、掃除会社とも提携している。地域密着型のスーパーでもあるため、自治体にも顔出ししておかなくてはならない。もっとも、自治体のほうには以前からの顔見知りもいた。『トライアングル』の剛田さんとこの長男、というと、ああ、と思い出す人も多い。

「大震災のとき、親父さんにはとてもお世話になったよ。大混乱になったんだけど、親父さんがよくみんなをまとめてくれてね。お店の商品とかも物によっては無料で配ってくれたりしたし」

「自分も、親父と一緒に配ってましたよ」

「あのときの子か。大きくなったなあ」

小学生と新成人を比べたら、それは大きくなっただろうなと思う。

改めて、親父の顔の広さを思い知ったし、多くの人から慕われているのを感じた。

「君が親父さんのあとを継ぐわけか。こりゃ頼りになりそうだ」

笑いながら、オレの肩をばしばし叩く愉快なおじさんだった。

こうやって親父の後継者として挨拶回りを続けていると、いやでも重圧を感じる。親父はこれほどみんなから慕われ、頼りにされているのだ。オレなんかが代わりを務められるだろうかと。そしてオレ自身が親となることもまた、不安になる。そんな弱気な姿は、誰にも見せられたものじゃないが。

……いや、オレが弱ったのは隠しようがないか。以前は自分のことを『オレ様』と様づけしていたが、いつの間にか普通に『オレ』と言ってしまっている……。

店に戻ると、瞑花が「ざっけんな、ようやく帰ってきやがった！」と詰め寄ってきた。

「今日、バイトの面接入ってたろーが。待ってるよ」

「あ、いっけね」

バイトの人事権は店長にあるが、現場監督である主任のオレが、実質人事担当者になっているのだ。

慌てて詰め所にいき、最低限人格に問題がないか判断をするのがオレの任務だ。

副店長としての引き継ぎも山積みだし、主任としての業務も溜まっている。急遽、中野明日香が辞めなければならなくなったのと相前後して、ほかのバイト一名も急にバックレて来なくなった、その後始末も残っていた。

冬だというのに、気づいたら汗でベトベトだ。トイレで鏡を見たら、短髪もワックスをつけたようにテカり、毛先が跳ねている。

腕時計を見た。夜の九時。休憩はほとんど取らなかったから十四時間労働か。残業代はたんまり入るだろうが、体のほうが限界だ。

店長の親父はすでに帰っている。閉店準備などは遅番担当の社員に任せ、オレも家に帰ることにした。エプロンを脱いで、愛車のワンボックスに乗り込む。

こんな時間だ。エリはすでに夕食と入浴を済ませているだろう。妊娠してから匂いや味に敏感になり、日によって食べられるものが変わる。今日の晩ご飯はどうなったことか。そう考えることも億劫だった。疲れて気持ちが弱くなっているのが、自分でもわかる。

——できた。

およそ三カ月前、妊娠検査薬を突き出して、エリがそう言ってきた。

オレはエリの喜ぶ顔と妊娠検査薬を交互に見て、「お、おう……」とだけ言った。その瞬間、エリの顔からサッと温度が引いた。

『嬉しくないの？』

『いや、嬉しいよ』

エリはわずかに黙ってから、背を向けた。オレは失敗したと思って顔をしかめた。エリの機嫌を直すのには丸三日はかかった。

なぜこんなにも迷いが出ているのか、自分でも不思議だった。以前の自分からは考えられない軟弱ぶりで、自分が嫌いになる。

オレはハンドルを切って、自宅とは違う方向へ向かった。なんとなくエリに会いたくなかった。生まれて初めて一目惚れした女。あれほど熱心に口説き落とした女。世界で唯一、本気で愛した女……。

高校三年の夏休み明けに、妊娠したと知らされたときは、一も二もなく「産んでくれ」と即答していた。オレはそれ以前からエリを妻にすると本気で思っていて、二十歳になったら籍を入れようと決めていた。それが早まっただけだと思った。フクツマでは少子化に対抗するため、中絶は禁止されているし、子どもをたくさん産むことが推奨されている。出産補助や子育て支援の充実もあって高校で子どもができたからと学校を辞めていくやつは何人もいて、だからオレもそうなる可能性を考えないわけでもなかった。

しかしエリには迷いがあり、ひどく不安げにしているのがわかった。エリは妊娠を望んでいなかったのだ。ベッドに入るときも必ず避妊させてきた。エリにとって予想外だったのは、コンドームの避妊確率は百パーセントではないということだろう。ほんのわずかだが妊娠の可能性は残る。それを引き当ててしまったのだ。

オレはエリの不安を取り除くため、学校を辞めて、『トライアングル』の正社員となる道を選んだ。ただ正社員となるだけでなく、出世するために必要なことを教えてほしいと、親父に頭を下げた。男として責任を取らなければならない。いくらフクツマがバックアップしてくれるからといっても、父親は一家の大黒柱として、しっかりとした稼ぎがないと胸を張れないと思ったのだ。

だがエリは流産した。

時すでに遅し……。オレの退学届は受理されていて、今さら撤回できなかった。

『ごめんね、隼人……。せっかく学校まで辞めてくれたのに、本当にごめん……』

エリが謝ることではなかった。流産は仕方のないことだし、冷静になって考えてみれば、自主退学はオレが早まったのだと思う。卒業まで残り半年だった。少しだけ待って、高卒就職でよかったのだ。出産のときには立派な社会人だったろう。親父も、担任の先生も、親友の第三班のみんなも、オレが学校を辞めるのを引き留めてくれていた。フクツマの支援を利用すれば、経済面での心配だってない。

しかしあのときのオレは、父親として責任を取らねば、という思いに囚われていた。

けれど結局、父親にはなれなくて。

それが、今さら……。


満天の星の下、車は、思い出の海岸に到着した。フクツマの南東にある海水浴場だ。昔から第三班のみんなでここで泳いだり、バーベキューをしてきた。先日の成人式後もここに来て、白い拳銃の試し撃ちをした。

月明かりが照らす夜の海は幻想的で、波は穏やかだった。冬だから風は冷たい。オレはコートの襟を立てて、星空を見上げた。

手には白い拳銃を持っていた。

それを前方に構えて、小学生みたいに「ばーん」と撃つふりをしてみた。

〝しょーらいのユメは、けいさつかんになることです！〟

小さいころからそう周りに宣言していた。街を守るヒーローになること。駐在のお巡りさんが格好よくて、憧れて、よくお巡りさんに向かって敬礼した。お巡りさんも微笑んで敬礼を返してくれる。

オレもいつかそうなりたいと願っていた。

大震災のとき、ヒロとアキラという〝生き残り組〟でメリケンサックを忍ばせて、なにか事件がないか彷徨った。暗がりから女性の声が聞こえ、急いで駆けつけて、襲っていた男を殴って追い払った。

ヒロも瓦礫の石を投げて援護してくれた。ダメイケメンのアキラはあの性格だから役に立たなかったけれど。あのときはたしかに、人々を守っているという自覚があって、誇らしかった。

中学に入っても、高校に入っても、困った人がいれば手を差し伸べてやった。他校に喝上げされたという声が出れば、オレが行ってカネを取り返してきた。そこで殴り合った不良が、また別の学校と揉めていると知れば、手を貸してやった。そんなオレをアキラは『番長』なんて呼んでいたが、オレはただ困った人を助けてやりたかっただけだし、卑怯な犯罪者が許せなかっただけだ。

将来は警察官になりたかった。

手柄を立てて、強行犯係の刑事になって、凶悪犯をブタ箱にぶち込むような強い男になりたかった。だから高校でも勉強はしっかりやってきた。いい大学に入ってキャリア組に入るのが結局のところ近道だと、ヒロが教えてくれたからだ。学校の進路担当の先生も同意見だった。オレは地頭が悪くなくて、ヒロやガリ勉のミエハルには負けるが、学校の成績は上から数えたほうが早かった。

柔道部でも汗を流し、心身ともに鍛え上げた。

すべては人々を守る警察官になるためだった。

……それが、なんだ、この体たらくは。

高校中退で、父親のコネで地元のスーパーに勤めさせてもらっている。仕事といえば、商品を陳列して、物とお金の出入りを管理して、部下のマネジメントをして、お客さんや社外の人たちにはペコペコと頭を下げて……。

オレの性分には合わないこんな生活、早めに抜け出して、警察官になるために勉強し直せばいいんじゃないか。高卒認定を取って、大学に入り直すか、警察に入るための公務員試験を受ければ……。

オレの人生は……、まだまだ……、これからなんだ……。

警察官になる夢を捨てるには、まだ早い。今からでも充分間に合うはずだ。オレは、人を守るヒーローになりたいんだ。

そう思い直していた矢先だった。エリが二度目の妊娠を告げてきたのは。

——おまえなら誰を撃つ？

オレはかつてヒロにそう問いただした。しかしあの質問は翻ってオレ自身への質問だったのではないか。

エリさえいなければ——。

◇

コンコン、コンコン、と繰り返し音が鳴り響いた。オレは瞼を透過してくる眩しさに呻いて、ハッと目を覚ました。明るい。朝だ。

「起きたか、班長」

「ヒロ」

車のウィンドウ越しにこちらを見て、親しげな笑顔を向けてくるのは見知った顔だった。

オレはウィンドウを下げた。

先にヒロが口を開いた。

「ここで寝てしまったんだな。よっぽど根を詰めて仕事してたらしい」

「おまえは、なんでここにいる」

言いながら車の時計を見た。九時前だ。今日は遅番だったが、移動時間を考えるとゆっくりはしていられない。

「朝になったら、エリちゃんから連絡が回ってきてたのさ」

ヒロにそう言われ、オレはスマホを取り出した。夜はナイトモードという睡眠を邪魔しない無音設定にしてあるから気づかなかったが、エリや第三班のグループラインから、心配する連絡が大量に来ていた。

「しまった……バカやっちまったな」

気分転換に思い出の海岸に来たら、そのまま眠ってしまった……間抜けもいいところだ。心配しているみんなに返事をしなければ。

証拠として、海をバックにヒロの写真を撮る。ヒロは軽く手を上げて、宝探しで一番に発見したみたいな幼い笑顔を浮かべた。

第三班のグループラインに送信すると、「見つけたのはヒロクンか」「絶対お店だと思ったのにー」などという返事がみんなから返ってくる。エリからは「なに考えてんの、バカ」とだけ来た。すねている。また機嫌を直すのに三日がかかりそうだ。

　パンッと柏手を打って眠気を吹き飛ばし、気持ちを切り替える。

「ヒロ、ここまでは電車か？　送ってくぞ」

「ああ、頼む」

　ヒロが助手席に乗り込み、オレはワンボックスをスタートさせた。

「副店長に昇進するらしいな。おめでとう」

「ああ。それで仕事やりすぎちまったよ」

「班長、おまえの悪いところは、なんでも一人で抱え込もうとするところだ。出会ったときからそうだった。小学生なのに自警団を気取って、悪者からみんなを守ろうと突っ走ってた」

　正義感と責任感は人一倍強いんだがな、と言って、ヒロは寒さで赤くなった鼻をすすった。赤信号でブレーキを踏んで、オレはエアコンの温度を上げた。

「うまくいってただろ、自警団」

「俺やアキラが手伝ってやったからだ。班長一人じゃ、どこかで返り討ちに遭ってたさ」

「アキラは役立たずだった」

「あいつには、もしものときに大人を連れてくるよう言ってただろ。救難信号の役だよ」

「そうだったな。もしものときなんてなかったが」

　ヒロはここで少し黙り、なにかを察したらしく、オレの顔を覗き込んできた。

「機嫌が悪いな。しかも乱暴に当たり散らすような感じじゃない。そっちのほうがまだ幾分マシだったが……どうした。なにをナーバスになっている」

こいつには隠し事できねえな、とオレは息をつく。ハンドルを右に大きく切りながら、

「ヒロ、コンドームの避妊率っていくつだったっけ」

「八十から九十パーセントと聞いたことがあるが、それがどうした」

「二十パーも妊娠する可能性があるのか」

もっと低いと思っていた。一パーセントくらいかと。

「ああ、産婦人科でもそれで驚かれるって話を聞いたことがある。コンドームってそんなに役に立たないんですか、っていうな」

「そうか……」

オレが声のトーンを落とすと、ヒロはすぐに気づいたようだった。

「してたのか、コンドーム」

「ああ……」

それでヒロはいろいろと察したようで、黙り込んだ。

結婚式で友人代表挨拶をしたのはヒロだった。祝いの場だから当然だが、オレのことを情に厚い完璧超人であるかのように散々に持ち上げ、この二人なら絶対に幸せな家庭を築く、と太鼓判を押していた。

それはあの思い出の海岸での二次会でも、そうだった。珍しく酔っ払ったヒロは壊れたレコードみたいに繰り返していた。おめでとう、班長、幸せになれよ、おまえが一番乗りだ、おめでとう、おめでとう――。

しかしそんな思い出も過去のもので、物理的にも遙か後方に置き去りにしてきた。

今はどうだ。オレは幸せか。エリは幸せか。これから産まれてくる子は幸せになれるのか。

頭の回るヒロでも、さすがにすぐに答えは出ないらしい。

この気まずい話はやめにして、ヒロをどこに送ればいいか今さらながら質問した。大学に行くから最寄りの駅で大丈夫とのことで、近くの駅でヒロを降ろす。

「ヒロ」

とオレは呼び止めた。

「オレ、警察官になりたかったんだよ」

「……ああ、知ってる」

静かに答えたヒロの顔からは、今日の班長は『オレ様』って偉そうに言わないんだな、と、そう考えているようだった。

そう、『オレ様』ではなく、自信を喪失してしまった『オレ』……。図体ばかりがプロレスラーのように大きくても、なにも成し遂げることができない『オレ』……。

そんなオレでも、

「まだ、間に合うかな」

「……」

ヒロはすぐには答えなかった。様々な考えを脳裏に巡らせている間だった。

今から人生をやり直す――二十歳だと考えるとまだまだこれからだが、妻子持ちだと考えると遅い気がするだろう。

「俺から言えることは少ないが……」

ヒロはそう切り出した。

「おまえは正義感と責任感に篤い男だ。しかし、他人に任せるべき場面でも自分でやろうとする悪い癖がある。正義とは公平性のことだ。自分はどうしたいかじゃなくて、社会はどうあるべきかで考えたほうがいい。その結果、自分が警察官となるべきだと決めたのなら、俺にそれを止める権利なんてないさ」

「ズルい言い方だな、ヒロ」

そんな言い方をされたのなら、家族を捨てるという選択肢は選べなくなってしまう。だがヒロはむしろそれを狙って言ったのかもしれない。早い話、家族を捨ててまで警察官になって、それで胸を張っていられるのかと問い返されているのだ。

まだ幼かったころ、大震災の前、近所に駐在のお巡りさんがいた。オレが子どもながらに敬礼すると、必ず微笑んで敬礼を返してくれたお兄さんだ。エリを捨てて、子どもを捨てて、オレはそんな警官になれるだろうか。

なれるわけがない。もしもあのときのお巡りさんがそんな最低のクズだったと知ったら、子どものオレはガッカリしただろう。警官なんて、と見下げ果てただろう。

夢を叶えるってことは、きっと、子どものころの自分に誇れる大人になるってことだ。

家族を見捨てるよりは、家族に縛り付けられるほうがまだマシだな……。

「一つ、勘違いを正しておく」

ヒロは人差し指を立てて続けた。

「家族でちゃんと話し合って、そしてエリちゃんと親父さんも納得してから、改めて警察官を目指すってことは不可能じゃない。もしかするとそれが一番いい道かもしれない」

「そんなことは……」

「おまえにとって恥か、班長。けど、学生のうちに恋人が妊娠しても、親の脛かじって卒業。目指していた会社に就職したやつなんて普通にいるんだぜ」

「それは……」

たしかにそうだ。だが……。

「親は働いてなきゃいけないなんて、古くさい固定観念は捨てろ。ここはベーシックインカムと子育て支援の行き届いた実験都市だ。人生失敗しても、チャンスを与えてくれる、そういう場所なんだよ」

押し黙るオレに、ヒロは柔らかい笑みを浮かべて、駅に体を向けた。

「それに俺は、おまえはいい警官になるって信じてる」

じゃあな映画版ジャイアン、と軽口を叩いて、ヒロは駅の改札に向かっていった。

オレは苦笑し、「うるせえよ、ヒロ」とだけ言って、車を再スタートさせた。

◇

まもなく二月に入り、正式な辞令も届いて、オレ様は副店長に昇進した。ヒロから励まされたこともあって、オレは『オレ様』としての自信を取り戻しつつあった。

「親父――いや、店長。お話があります」

「おう、どうした」

空いた時間に、事務所で向き合う。

「前から言っていたな、親父。オレ様なら時流に乗った新しい風を、この店に吹き込んでくれるんじゃねえかと」

「なんかアイデアが閃いたのか」

「ああ――もっとも、オレ様だけのアイデアじゃねえ。第三班のみんなが意見を出してくれたんだ」

数日前、みんなに意見を募集してみた。うちのスーパーに新しい風を吹き込むとしたら、どんなことをすればいいのか、と。

うちは、広い敷地面積に、スーパーマーケットとホームセンターがくっついた業態をしている。商品の種類が豊富で、うちに来れば日常に必要なものはたいてい手に入るのが売りだ。ではここに新しいものを足すとしたら、なにを足すべきなのか。

オレ様は店に関わりすぎているから、客観的な意見が出てこない。従業員の瞑花も同様だ。しかしほかのみんなは薄々足りないものに心当たりがあったらしい。

子ども好きの姫南は「キッズスペースはどう？」と言ってきた。親が買い物をしているあいだに、子どもを遊ばせておくスペースだ。一理ある。商品点数が多いから買い物も時間がかかる傾向にあり、その間子どもを預かっておく場所は価値がある。ただしこれは顧客満足にはつながるが、それ自体は利益を生まないという欠点がある。有料のキッズスペースにしてしまうと、あまり利用されないだろうし。

「あたしはイートインコーナーかな」と言ったのは友美だ。店内で買ったお弁当などをそのまま店内で食べられるスペース。コンビニやスーパーでよく見られるが、たしかにうちには用意されていなかった。時代遅れも甚だしい。

さらにミエハルが「僕もイートインコーナーには賛成だが、ただ椅子とテーブルが置いてあるだけじゃダメだぞ。ちゃんとしたコーヒーも飲めるカフェコーナーにしろ」という。カフェか。しかしスーパーとして飲み物を買えるのに、あえてカフェを新設しても利用客は少ないんじゃないか。

これにはヒロがよい意見を出した。「コワーキングスペースとしても使えるようにしてくれ」というのだ。

オフィスとして使える機能を備えたコワーキングスペースの需要は、昨年の新型ウイルスの影響で格段に上昇した。県境封鎖しているフクツマでもテレワークへの需要は各段に増えた。やはり家族がいる空間だとうるさくて集中できない人が少なくないのだ。マンガ喫茶やネットカフェ、レストランやバーも、自粛に対抗するようにコワーキングスペースとして開放するところが増加していた。

これをうちでもやればいい。スペースならムダに余っている。コンセントを引いて、テーブルと椅子を用意して、プライベートスペースを確保、ワイファイを飛ばして、カフェを併設すれば完成だ。買い物客が集中する昼と夕方は少しうるさいかもしれないが、そこを差し引いても可能性は充分あると踏んだのだ。

オレ様の矢継ぎ早の説明を聞いて、親父は唸った。

「なるほどな……こいつは昭和生まれには、ちと思いつかん。時代というやつだな」

「多少の改装は必要だから、初期投資はかかるな。スペースも仕切ってスタイリッシュな雰囲気を演出しないと。野暮ったいままだったら仕事する気にならない人だって多いだろうし。ただ、仕事帰りに立ち寄る新規顧客が増える可能性は大きいな！」

どうだ親父、とオレ様は身を乗り出した。悪くない案であるはずだ。改装費や家具材、ネット環境の開発・維持費はかかるが、人件費は最小限で済むし、利用客が長く滞在すればするほどそのうち喉も渇くしお腹も減るだろうから、買わせればいい。商品ならいくらでもある。長期的に考えるなら、充分にペイできるはずだ。

「時代に合わせたスペースの有効活用。今のオレ様が提示できる最高のカードだぜ」

するとと親父はニヤリと笑った。いつもの、オレ様と同じ笑い方だ。

「面白い。こいつはおまえの責任でやり遂げてみせろ」

よっし、とオレ様は気づいたら小さくガッツポーズしていた。

そうと決まれば資料作成だ。ある程度は各店舗に運営は任されているが、まとまった初期投資を会社に出してもらわなければならないため、エリアマネージャーなど本社の管理部に説明して納得させなくてはならない。

だがオレ様には副店長としての通常業務もあるし、家に帰れば身重の妻もいる。とても時間が足りない。そこで、大学生のヒロに代理で資料作成を依頼した。バイト代としていくらか払えば、ヒロならいいものを作ってくれるだろう。

第三班の仲間が事務所に集まった。ヒロは、話を聞いて、

「任せとけ。社会人前哨戦として結果を出してやる」

と快諾してくれた。

一番の悩みはカフェだった。コワーキングスペースによっては自動販売機で済ませているところが多い。スーパーと併設するなら、自動販売機はいらないはずだ。

カフェを提案したのはガリ勉メガネのミエハルだ。本名は見江海晴。第三班で一番の見栄を張る男。黒縁メガネがトレードマークのあいつは、

「班長の店は、自治体とも協力関係にある地域密着型だ。近隣にある美味しい喫茶店と提携するってのはどうだ」

と、言った。

「近隣の美味しい喫茶店、か。となると、あそこだな」

ああ、とオレ様も頷いた。

「エリが高校時代にバイトしてた、個人経営の喫茶店だ」

◇

「え、あそこ……？」

夕食後の夜。洗い物の手を止めて、エリは振り向いてきた。近隣の、いわば地元で有名な喫茶店『セジュール』。コーヒーの味もたしかだが、オシャレな内装やスタイリッシュな店員にもこだわっているようで、バイトしようにもブサイクは面接で落とされると、もっぱらの噂だった。学生時代、オレ様の彼女がその店員を一年も勤め上げたのは密かな自慢だった。

「あの喫茶店はかなりオシャレだからな、その姉妹店みたいな感じのカフェ兼コワーキングスペースを作ったら、お客は増えるだろうって考えだ」

「そう……」

「どうだ、エリ。一緒に説明しにいってくれないか。元スタッフだったおまえが一緒なら、いろいろ話も通じやすいと思うんだが」

「……うーん」

エリは顔を曇らせて、

「古巣に今さら顔を出すっていうのも、逆に気まずいかも」

「そこをなんとか！」

「……なんであの店じゃないといけないわけ？」

「だから、それはさっき説明しただろ？」

オレ様はもう一度、うちのスーパーセンターが地域密着型であることから説明を繰り返した。エリは黙って聞いていたが、あまり乗り気ではないらしい。

「エリね、妊娠を理由にして一方的に辞めちゃったんだよね……。それで今、また妊娠した状態で、今度は旦那のお店と提携してくださいって頼みにいくなんて、ちょっと厚かましくない？」

エリの立場からだと、そうなってしまうのか。それはたしかに気まずいかもしれない。

「だが、あの喫茶店以外に候補はないんだぜ。頼むよ、エリ。むしろこれをきっかけに仲直りするって気持ちで、一緒にオーナーさんに会いにいこう」

「うーん……」

エリは終始気が乗らない様子だったが、オレ様は半ば強引に約束を取りつけた。

あの店がダメなら、カフェはむしろやらないほうがいい。ただのイートインコーナー兼コワーキングスペースで充分になってしまう。それではインパクトが少ない。オレ様の副店長としての目玉プロジェクトだ。ここで〝できる男〟ってのを見せつけておかないと、あとで警察官を目指したいって相談をするときの武器にならない。

後日、オレ様の運転するワンボックスが喫茶店『セジュール』の駐車場に滑り込んだ。エリも助手席から降りる。無理やり連れてきた格好で、気まずい様子だ。

オレ様が先立って移動し、関係者用の出入り口のインターホンを押した。アポは取ってある。出てきたのは六十は優に超えているだろうと思われる白髪の初老だった。

「お待ちしていました。オーナーで店長の川村賢輔です」

「どうも。スーパーセンター『トライアングル』南フクツマ店で副店長をしております、剛田と申します。こちらは妻のエリです。数年前にこちらでバイトをしておりました」

「覚えていますよ、エリさん。お久しぶりですね」

「……どうも」

エリは小さく頭を下げた。失礼ではないかと思ったが、川村さんは柔和な笑みを崩さない。それからオレ様のほうを向いてきた。

「あなたのことも覚えていますよ。剛田さん。よくお客さんとして来ていましたよね」

「あ、そうですか」

エリ目当てで何度も来ていたから覚えられていても不思議ではなかった。

「エリさんは看板娘でしたからね、エリさん目当てのお客さんだろうっていう人は何人もいたんですよ。まさかその中の一人と結婚してしまうとはねえ。面白いものです。立ち話もなんですから、ささ、どうぞ」

「あ、はい、失礼します」

ペコペコしながら事務室に通される。

応接セットのソファーに向かい合って座り、改めて川村さんと名刺交換から始めていく。

事前に電話で簡潔に説明していたし、ヒロクンが作ってくれた資料も送付してあったが、改めて今回の件について説明すると、川村さんは皺だらけの顔でうんうんと頷いた。

「面白いですね。そういう新しい業態は、わしなんかの老人には思いつきませんよ」

コワーキングスペースの概念が日本に入ってきたのは、ここ十年ほどのことだ。スマホより遅い登場となる。

「お話はわかりました。トライアングルはわしも利用しているスーパーですし、自治体の関係でお父様とも知り合いですし、その息子さんの申し出とあれば、断る理由なんてありません。ぜひ協力させていただきましょう」

「ありがとうございます！」

オレ様は深く頭を下げた。これでオレ様が思い描くグランドデザインに大きく近づいたぞ。

川村さんはまああと言って、

「うちも昨年の自粛要請は痛かったですからね。別の在り方でもやれるっていう話は勇気づけられるものがあります。そちらがうまくいったら、この店舗もコワーキングスペースのようにできるようアドバイスしてもらえませんかね」

「ええ、それはもう、いくらでも」

コンセントのある席の増加と、ネット環境を充実させれば、だいたいの喫茶店はコワーキングスペースとしても利用できるようになる。

川村さんは、ずっと黙っているエリのほうをチラッと見た。

「バリスタはエリさんがやるんですか？　それともほかの従業員が？」

エリがぴくりと反応した。エリは今、書店員のバイトをしている。『トライアングル』には関わっていない。

「バイトの子になると思いますが」

「そうですか。いやね、エリさんはバリスタの国際資格を持っているものですから」

「えっ、バリスタの国際資格っ？」

そんなものがあるのか。エリが持っているというのも初耳だ。

「あくまでも民間資格ですけどね。威厳はありますけども。有効期限は三年で、エリさんのもまだ期限切れにはなっていないでしょう。今度の夏が更新期限のはずですね」

　ということは逆算すると、エリは高三の夏休みあたりにその資格を取ったのか。知らなかった。そんなことはひとことも言っていなかった。秘密で取って驚かせようと思ったのかもしれない。だがその直後、妊娠が発覚し、言うタイミングを見失ったのか。

「エリさんの夢はプロのバリスタになることだったのです。しかし妊娠によって高校を辞めるかどうかの話になってしまい、バイトもとても続けられるような精神状態ではなくなってしまったようです」

　そうだったのか……。エリも、あの妊娠で夢を失っていたんだ。色んなことを我慢して……、そして周囲に悟られないよう気遣ってくれていたのだ。オレに負担をかけないために……。なんて健気ないい女だ。

　一瞬でもエリに白い拳銃を向けようとした自分が恥ずかしい。救いようのないバカだ。なんて愚かなのだオレ様は。

「いかがでしょう。これを気に、エリさんもバリスタとして復活してみては？　まずうちの店に復帰してみて、トライアングルのカフェコーナーが立ち上がったらそちらのリーダーになるというのは」

　川村さんの素晴らしい申し出にオレ様は、ぜひ、と言いそうになったが、

「考えておきます」

　とエリが小さく言った。あまりやる気が感じられない語調だった。もうバリスタには未練がないのかもしれない。

残念だ。高校時代のカフェ店員の彼女は綺麗で格好よかった。オレ様以外に何人もの男がエリ目当てで通い詰めていたのも当然だ。もう一度見たかったし、『トライアングル』のカフェでもきっと看板娘になれるだろうに。だがエリは、もうこの話には触れられたくないと拒絶の雰囲気を醸し出していた。

オレはなにも言えなくなった。彼女の夢を奪ったのは、オレが避妊をしっかりしなかったせいなのだ。申し訳なさで胸がいっぱいになる。

とはいえ、カフェの立ち上げに関しては一歩前進したことは変わりない。カフェ店員はバイトをあてがえばいいことだ。

川村さんに頭を下げ、店から出た。

◇

数日後の、エリアマネージャーへのプレゼンはうまくいった。第三班のみんなの前で何度も練習したおかげだ。元から勝算があったプロジェクトだっただけに、ゴーサインが出るのは早かった。

しっかり予算を確保して、業者が決まればあとは早かった。瞬く間に店舗の一角が別の空間へと改装されていった。

お客さんからも「なにができるの？」という質問は多く、それを見越してチラシを用意していた。

コワーキングスペース、カフェコーナー、あの地元の有名店と提携し、コーヒー一杯で一日中いられる作業スペース。最新の高速回線によってネット環境も充実だ。テレワークが急速な広がりを見せているときだけに多くの人たちの話題となっていった。

そして実際、サービスが開始されると大盛況だった。老若男女がノートPCやタブレットを持ち込んで作業をし続ける。初日だけかもと不安だったが、一週間しても客足は途絶えなかった。

そんなある日、瞑花が二枚の紙切れを持ってきた。

「ここの自由意見のところ見てみ」

テーブルにはアンケート用紙を設置していたが、そこには思わぬ感謝の声が載っていた。『夫が行きつけのスーパーで仕事しているって、便利だし安心だし助かります』とあったのだ。

「旦那がスーパーで仕事をしているって絶妙だよね。いざってときには買い物も頼めるし、職場の不倫も疑わなくていいし。仕事が終わったら真っ直ぐ家に帰ってきてくれる旦那様。これ、うちの理想の家庭だわ」

あの事件からすっかり立ち直った瞑花が解説してくれた。

女は女でいろいろ思うところがあるものだ。

「でも気になる投稿もあったんだ。『セジュールの店長はセクハラで有名です。トライアングルのアルバイトさんが心配です』だって。あのオーナー、ウチのことも嘗め回すように見るときがあるんだよ」

『セジュール』の川村さんがセクハラ⁉

初耳だった。猛烈に嫌な予感が湧き上ってきた。きちんと調べなきゃ。警察官になりたいという正義感だけでないなにかがオレ様の心を揺さぶってきたのだ。

それから一週間、オレ様は仕事が手につかなくなっていった。

×　×　×

春先の午後、俺はプログラミングに一段落をつけて、ノートPCとタブレットを鞄に突っ込むと、自宅アパートから出た。気分転換も込めて少し歩く。

行き先はスーパーセンター『トライアングル』だ。自分が立ち上げに関わったこともあって、コワーキングスペースをよく利用している。もう二週間くらい経ったか。パワーのあるマシンは持ち込めないが、ノートPCやタブレットでできるような、ちょっとした作業なら自宅より快適だった。班長はおよそ考え得るかぎり理想的なコワーキングスペースを作ってくれて、彼の行動力には舌を巻かされる。

『トライアングル』の近くまで行くと、その班長が乗った車とすれ違う。俺は軽く手を上げたのだが、班長は気づかなかったようだ。なにか深刻な顔して真っ直ぐ前を睨みつけていた。なにかあったのだろうか。コワーキングスペースの設立という、副店長としての最初の大仕事は、見事に成功したはずだったが……。

考えながら歩いていると、

「あ、ヒロクン、いいところに」

と呼ばれて振り向く。自動ドアが開いて、店内に入ったところだった。

「どうした、瞑花」

エプロン姿の彼女は、不安そうな顔で近寄ってきた。

「最近、班長の様子がおかしくてさー」

不穏そうな話だった。俺たちはあのとき以来、密談に向いている業務用冷凍室に入った。前回に入ったときはまだ冬の真っただ中だったが、春に入った今は余計にヒンヤリとする。

「班長がどうしたって。コワーキングスペースがうまくいっていないのか」

班長が副店長に就任してからの目玉プロジェクトで、彼も気合いが入っていた。利用している俺からしても充分に成功しているように見えたが。

「そうじゃねえっつーか、それも関わりあるかもっつーか……」

瞑花は要領を得ないことを言い、少し考えるようにしてから、

「班長のやつ、エリちゃんとうまくいってないと思う。最近、仕事が手についていなくて、エリちゃんがここに来たときも夫婦とは思えないくらいギクシャクしてたし」

「そうか……」

思い当たる節がないでもない。あれはまだ成人式から間もなく、白い拳銃の存在に俺たちも戸惑っ

ていたときだ。班長からは妻の妊娠を疎ましく感じている様子が窺えた。警察官になるという夢を諦められない班長には重しだったのだ。しかし、その後に副店長としてコワーキングスペース設立のために尽力する班長は、疲労を滲ませながらも粉骨砕身で頑張っていた。迷いや悩みは吹っ切れたのかと思っていたが……。

「あいつ、図体はデケぇくせして、意外と一人で思い詰めちゃうタイプじゃん?」

「だな……」

「じつは……、コラボした喫茶店の変な噂で班長がおかしくなったつーか」

「『セジュール』か。どういう話だ?」

「あそこの店長……、アルバイトの子たちにセクハラしてたらしい」

「なんだって」

思わぬ話だった。アンティーク調の素敵な内装で、店員も洒落た身のこなしをしていた。しかし裏では汚れた問題が転がっていたのか。

「ウチも最近知ったんだけど、けっこう信憑性があるみたい……」

「ちょっと待て。エリちゃんは一年も勤めたんだろ。どうして早く辞めなかったんだ?」

セクハラがあったのなら、もっとずっと早く辞めていいはずだ。

「それは、一年間勤めたら海外でバリスタの研修を受けられるからでしょ。ニュージーランドっつってたかな。二週間の短期留学って感じで、国際資格が取れるんだって」

エリちゃんは転校してきてから間もなく『セジュール』で働き始め、約一年後の夏休み明けに辞めたはずだ。つまりエリちゃんはバリスタの国際資格を取得したいがためにセクハラに耐えながら働き、その資格を取って辞めたのだ。妊娠したから辞めたというのは、俺たちの勘違いでたまたまタイミングが一緒だっただけなのかもしれない。

「班長はそのことを今になって知ったのか」

様子がおかしくなって当然だ。班長はエリちゃんに一目惚れし、あの喫茶店にも通い詰めてエリちゃんを口説き落とした。しかしその裏でエリちゃんは店長からセクハラを受け続けていたのだ。そして今になって自分の職場とコラボした。エリちゃんは会いたくもない相手に引き合わせられたに違いない。

責任感と正義感が人一倍強い班長は、激しく自分を責めただろう。知らなかったとはいえ、最愛の妻の古傷をえぐりにえぐっていたんだ。

そのとき、深刻な顔をしてハンドルを握っていた班長の姿が蘇ってきた。

まさか！　班長が向かったのは『セジュール』。

×　　×　　×

「……いきなり、どういうつもりかな」

白い拳銃を突きつけられても川村は、あまり動揺した様子はなかった。精一杯の強がりに決まっているだろうが。

経過報告と引き続きの商談――。名目上はそう言ってアポを取っていた。場所は喫茶店『セジュール』の事務室だ。

オレ様は応接用のソファーから立ち上がり、対面に座っている川村の眉間に銃口を突きつけていた。なにも教えずに無理やり連れてきたエリも、隣で驚愕している。

「質問に答えろ、クソジジイ」

「……なんだね。随分な無礼を働く男だ。お父様が悲しむよ」

皮肉げに口端をつり上げてくる。

乗るな、挑発だ――。オレ様は奥歯を噛みしめて我慢した。

「この店で女の子にセクハラしてたってのは本当だな」

「なにを言っている。そんなことあるわけない」

しらばっくれやがって！

「エリ！　どうだ！」

「……」

エリはしばし押し黙ってから、静かに答えた。

「本当……」

「っ！」

　オレ様はさらに銃口を川村の眉間に押しつける。さすがの川村も両手を挙げて「待て待て待て」と焦ったように言ってきた。

「なんのことかわからない。わしはアルバイトに手なんて出していない」

「ネタは挙がってんだよ！　何人もがおまえからセクハラ受けたって話をしてんだ！　今さら言い逃れなんてできねえぜ！　なあエリ！」

　エリも覚悟を決めたように、くっと息を飲んだ。

「そうよ！　そいつが触ってきたの！　最悪だった！　死にたくなった！　ねえお願い！　殺して隼人！　そいつを殺して！」

　大声で叫んで、川村に人差し指を突きつける。こんな焦ったエリを見るのは初めてだった。いつも一歩引いたクールビューティ気取りが、川村に対して殺せ殺せと喚いている。

「誤解だよ、隼人くん。迷惑しているのはわしのほうだったんだ。うちには、たしかに短期留学でバリスタの国際資格が取れる制度がある。しかし勤続一年で誰もがその留学に行けるわけではない。店内選考を通らなければならないんだ」

「店内選考だと？」

　話の続きを促すオレ様の隣で、エリは「どうしたの隼人、さっさと殺してよ！　撃って！」と焦った様子で焚きつけてくる。まるで川村になにも喋らせたくないように、口封じさせようとするかのように。オレ様の袖を引っ張り、幼児のようにせがんでくる。

「店内選考ってなんだ。どういう基準だ」

「もちろん技術や知識のテストはある。だがそれは努力すれば誰だって満点を取れる代物だから、ほかの接客の部分で差をつけなくてはならなくなる。つまり、審査員であるわしの心証次第というわけだ」

「おまえの独断で、留学できるかどうかが決まるってわけか」

「殺して！　隼人！　お願い！　早く撃って！」

「そうだ。留学できるかどうかはわし次第。なら、わしに媚びを売ってくる子があとを立たないのも当然ではないか」

媚びを売ったというのか。エリが。学校でも美少女転校生として大人気だったエリが、こんな盛りの過ぎた老人に、自分から媚びを売ったというのか。

「騙されないで隼人！　そいつの言うことは全部、口から出任せよ！　早く撃ち殺してよそんなやつ！」

「でもおまえ、短期留学して、資格取ったんだろ。どうやって店内選考を通ったんだ。学校でのときみたいに、凜々しくお高くとまってたら、このジジイの心証は悪かったんじゃねえのか。なあ、おい」

ジロリと睨むと、エリは言葉に詰まった。

悪い予感が、徐々に形を伴い、具体化していく。ここ数日のあいだ脳裏に渦巻いていた、最悪の想像が、少しずつ現実になっていく。

「オレ様は間違いなく、コンドームを装着してたはずだったんだ……。妊娠するなんておかしいって思ってた」

「な、なにを考えてるの、隼人……」

エリの目が恐怖に染まり、大きく見開かれる。

「エリ、おまえ、どうして学校を辞めなかったんだ……オレ様と違って、退学しなかったよな……。まるで最初から、産むつもりがなかったみたいで……。二日くらい連絡が取れなくなったら、いきなり、流産した、だもんな……」

二人の子どもだというのに、エリは勝手だった。流産した子の供養をしようともしない。触れられたくない傷口のように、その話をひたすら拒絶した。まるでなにかを隠すようだったと、今にしたら思う。

「本当に流産だったのか？　堕ろしたんじゃないのか？」

いつの間にか、銃口はエリのほうを向いていた。

「オレ様との子じゃなくて、こんなクソジジイの子を身ごもったからっ……！」

エリは顔面蒼白になりながら、額に汗を滲ませていた。

短期とはいえ海外留学ほしさに、老人と関係を持った女……。こんな穢らわしいやつに、オレ様は騙されていたのか。

エリは明らかになにか言葉を探してテンパっていた。

「ち、違うよっ!?　隼人……店長から！　無理やりだったの！　エリはレイプされたんだからっ！」

オレ様にどす黒い感情が急速に湧き上がる。

ふたたび銃口を川村に向けるが――。

「なにを言う。嘘も甚だしい」

川村はハッキリと否定した。

「隼人くん、冷静に考えてみてくれ。もしわしがレイプするような男だったら、とっくに捕まっているはずだ。逃げも隠れもしておらん。それで訴えられてもいないということは、被害など誰も受けておらんということだ。ミートゥー運動ってあっただろう。あれだって一部には本当にセクハラはあっただろうが、三流女優が役欲しさに自分から媚びを売って、それで相手にもされんかったから逆ギレしたってこともいくつもあったんだよ。女だからって常に被害者とは限らんのだ」

これにはエリが激昂した。

「クソジジイ！　しゃあしゃあと言いやがって！　この変態が！」

こんなに汚い言葉を使うエリは初めて見た。

「女の子にベタベタ触りやがって気持ち悪ぃんだよ！　みんな迷惑してたっつーの！」

「さあ、なんのことかわからんな」

川村は平気で小首を傾げ、こちらを見てきた。

「少なくとも、わしじゃあない。エリの相手はまた別だよ。留学先の白人男どもにケツを振ってたのさ。女の海外コンプレックスを舐めちゃいかんよ。戦後からなにも変わっておらん。バリスタは国内資格でも充分なのに、なぜ女どもはわざわざ海外資格や海外留学にこだわると思う？　エリも向こうで記念に白人男と一発やったら、それでできちまったから焦ったんだろうよ。絶対ハーフだってバレるからな」

「ジジイ！　黙れ！　殺すぞ！　嘘ばっか言いやがって！」

もうオレ様のことはそっちのけで、エリと川村で罵り合いを始めてしまった。

オレ様はもう、どちらに銃口を向ければいいのか、わからなくなってきた。

いずれにせよ、あのときの子どもの父親は、オレ様ではなかったのだと思う。もしオレ様とエリの子だったら、エリは話し合いをもっとしっかりしてくれたはずだ。それがいきなり連絡が取れなくなって、流産したという。悲しみもそこそこで、なかったことのように封印しようとする。それはつまり、内緒で堕胎してきたということだ。オレ様の子ではなかったから、流産だったと方便を使った。

フクツマでは子作りは推奨されていて、堕胎は禁止だ。エリは条例違反と知りながらも、県外の病院で処置してきたことになる。丸二日連絡がなかったあの間だ。

あーあ、とやるせない気持ちになった。

オレ様はなんで学校を辞めなければならなかったのか。恋人を寝取られて、他人の子のために学校を辞めてしまった。警察官になる夢も大きく損なわれた。この数年の頑張りがバカみたいだった。なんだこの人生。

エリさえいなければ、もう少しはマシだったはずだ。

「もういいよ、おまえ」

オレ様はふたたびエリに銃口を向け直した。

ひっ、とエリは恐怖で顔を引きつらせる。

オレ様がトリガーに指をかけたところで、

「待て班長！　早まるな！」

突然にドアが開いて、ヒロが顔を出した。

「ヒロ……」

「班長、今、エリちゃんのお腹にはおまえの子がいるんだぞ。その子はどうする？」

「オレ様の子か。本当にそう言い切れるのか」

「妊娠中でも親子鑑定くらいできる。早まるな」

オレ様はエリに振り向く。だがエリは顔を赤くしていた。

「なんで、そんなことしなくちゃいけないんだよ！　エリを信用できないっていうの！」

激昂したエリは、早口でめちゃくちゃな論法をまくし立て、女を信用しないから男はダメなんだ、という意味不明なことを言い出した。

なに言ってんだ、こいつは。

オレ様はすっかりしらけてしまっていた。あのとき一目惚れした美少女の末路が、これか。こんなに愚かな女だったのか。オレ様が青春のすべてを費やした女。人生のすべてをかけようとした女。それがこの様か。

見る目ねえなあ、オレ……。

悪党を悪党って見抜けないようじゃ、警察官になんてなっちゃダメだよな……。

せめて、目の前の悪党だけは始末しておかないと。

引き金に添えた指に、力を込める。

後ろでヒロが、最後の手段とでも言うように、強く言った。

「子どものときの隼人が、今のおまえを見てるぞ」

「……！」

そいつは卑怯だぜ、ヒロのバカ野郎。

そんなこと言われたら、なにもできねえじゃねえか。くそっ……。

オレ様は腕が小刻みに震え、やがて病的に痙攣したように大きく銃口が上下した。奥歯をかみ砕かんばかりに噛みしめ、顔をくしゃくしゃにした。

涙に滲む世界に、エリがいる。

今でも初めて会った日のことを覚えている。高二の春先、運動会の準備期間で、彼女だけがピカピカのブレザーを着ていた。あの瞬間、落雷に打たれたみたいに目が覚めた。世界がバラ色に輝いた。

エリは世界でただ一人の女だった。

愛していた。

撃てるわけがなかった。オレ様は――『オレ』は銃口を――。

自分自身に向けた。

こめかみに銃口を押しつけて、苦悩に満ちたこの人生を終わらせようとした。

「バカ——」

とヒロがなにかをする前に、

「——!!」

エリが白い拳銃で撃ってきた。エリは同級生。つまりオレたちと同じ新成人だ。彼女もバックに白い拳銃を忍ばせていたのだ。だがなぜオレを撃つ。おまえに殺されなくても、もうオレはおまえの前から消えるよ……。

オレは強い衝撃を受けて、もんどり打って倒れる。意識が真っ暗な世界に飲み込まれる。

エリ、エリ、生きろ——。そしてオレの意識は真っ黒に塗りつぶされた。

◇

眩しさに身じろぎする。ぼんやりする頭で、うっすらと目を開けると、白い天井が目に入った。天国かと思った。エリの綺麗な顔が視界に入ってきて、ああやっぱり天国かと思った。

しかしエリはわっと泣き出して、「よかった、目を覚まして、よかった」と縋り付いてきた。右の耳や肩に鋭い痛みが走ったが、なにがなんだかわからなかった。

痛みに顔をしかめながら周囲を確認してみると、ほっと安堵した様子のヒロがいた。

「起きたか、班長」

「ヒロ……？　おまえも死んだのか」

「死んでないさ。おまえもな」

ここは天国じゃない、病院だ、とヒロは続けた。

「幸い、エリちゃんの撃った弾はおまえの白い拳銃を撃ち抜いた。その衝撃で班長の拳銃は暴発して、おまえは無傷とはいかなかったが……自殺に比べれば、奇跡的な軽症だろう」

狙ったとしたら神がかり的な射撃スキルだが、とヒロはエリを見る。エリは首を振った。

「ううん、エリは咄嗟だったけど、隼人の肩を狙ったんだ……自殺を止めるために……。隼人……生きててよかった」

「そうか……」

オレは息をついた。試し撃ちしたアキラも、至近距離からでも命中しなかった。エリはむしろよく当てたほうだろう。いや、うまいこと白い拳銃を撃ち抜けたのは偶然だろう。オレの頭や心臓に当たった可能性だって充分にあったのだ。

ヒロの言うとおり、これは奇跡だ。

神様が、生きろと言ってくれているのか……。

「エリ、すまなかったな……」

「ううん、エリこそ」

エリは涙でくしゃくしゃになった顔で、目元を拭った。

「ごめんね、隼人。ずっと騙してて」

「いいんだ、もう、いいんだ……」

もう聞きたくなかった。エリがどんな女で、オレがどれだけ騙されていようと、オレがエリを好きであることに変わりはない。どれだけオレの人生が壊され、エリに踏みにじられようと、惚れた女のためなら、オレはなんだって許せるんだ。惚れた弱みってやつか。

「――いや、君は真実を知るべきだ」

入り口に現れた老人に、オレは目を見開いた。

「川村、てめぇ――！　ぐっ……！」

力んだせいで傷口が痛む。「隼人！」とエリが気遣ってくれた。

近寄ってくる川村をオレは半眼で睨みつけるが、痛みで言葉は出せなかった。

川村はベッド脇からオレを見下ろすと、

「……いいね、エリさん」

「……はい」

エリは小さく頷いた。川村が話し始める。

「隼人くんには受け入れがたいことだが……」

「やめ、ろ……！　聞きたく、ない……！　ヒロ！　このジジイを、追い払え……！」

しかしヒロは浅く首を振った。

「いや、聞くべきだ、班長」

くそっ……！

ケガと、おそらくその痛み止めの薬を点滴されて体に力が入らないオレには、川村を止めることはできなかった。

「わしとエリさんは一時期、お付き合いしていた。お目当てはバリスタの資格だったかもしれないが」

頭をガツンと殴られたような衝撃を受けた。否定してほしかったが、エリは顔を伏せて、涙をポロポロとこぼしていた。

川村は続ける。

「先日のゴタゴタではわしも自分に有利なことをいろいろ言ったが……いや、自己弁護めいたことはよそう。白状する。わしはあの店で、若い女性従業員に対して交際を迫っていた。ただし無理強いしたことはなく、わしとしては真剣な恋愛のつもりだった……が、おそらくほとんどの女性は金銭目当てでわしと付き合っておった」

胸を掻きむしりたい衝動に駆られる。あの凛々しくて格好いい女だったエリが、まさか裏ではこんな枯れた老人を相手にしていたとは……。

「わしはこの年まで独り身だがたくさんの女性とお付き合いしていた」

川村は目を伏せ、暗い顔で首を振る。反省はしている様子だった。

「エリさんもその中の一人だが、ほかの子とは違ったことが一つだけある。それは——妊娠してしまったことだ」

妊娠……じゃあ、やっぱり、あのときの子は……。

「正直……、わしの子か……、隼人くんの子かは……、わからなかった。わしはそこで我に返ったよ。まだ未来あるエリさんの人生をむちゃくちゃにしていることに。だから始末はつけなくてはならなかった」

「始末……」

それはヒドく残酷な言葉だった。

「フクツマで中絶は禁止されておる……その条例を破れば、フクツマ県民としての資格を失ってしまう。だがわしの子どもである可能性がある以上、エリさんに産ませるわけにいかなかった。わしは県外での中絶の段取りを整えた。闇医者を使って法外な費用のすべて負担した。だが……、エリさんにとって大きな計算違いがあった——君が、学校を辞めてしまったことだ」

なんだって。……笑えよ。バカなオレを。自分の子どもを大切に育てなきゃって思って、先走って高校を辞めちまったバカを。なにも知らなかったバカを。気づきもしなかったバカを。

「しかし、隼人くん」

と川村は改まって、言葉を続けた。

「これから言うこともまた、事実だ。心して聞いてほしい」

「もう、いい……もう、いいんだ……」

「ダメだ、ちゃんと聞きなさい」

これが一番大事なことなんだと、川村は頷いて、

「エリさんは——バリスタの資格を取ること諦め、わしとの関係を切ると、はっきり、そう告げていたんだ」

「————」

「君が本気で好きな人だから、もう絶対に裏切れないからと」

高三の夏休み、バリスタの資格を取るためにニュージーランドに短期留学する、その直前のことだったという。

「エリさんは隼人くん、君を選び、君と一生を過ごすことを決めていたんだ」

ぎゅう、とエリが両手で、オレの手を握ってくる。祈るように、その手をおでこに当てて、

「……ごめんなさい、隼人」

エリは泣いて鼻をすすりながら、そう告げた。

「すべてを精算したつもりだった……。妊娠したときも、最初はあなたの子だと……そう思いたかった。だからあなたに教えた……でも、だんだん不安になってきて…、ごめんなさい。エリが間違ってた。全部、エリが……」

でも、お願い——。エリはまた、祈るように頭を下げた。

もう一度チャンスがほしい、そう言った。

「エリも一目惚れだった……。慣れない学校で、いきなりの運動会で戸惑っていたエリに、隼人は真っ直ぐな目を向けてくれた。あのときからずっとあなたが好きだった……」

オレも涙でくしゃくしゃになった。好きだった。どうしようもなく好きだった。なにを差し引いても彼女のことを愛していた。

抱きしめるように腕を伸ばす。横になった状態だとエリに腕を回し切れない。エリは自分からオレの胸に来た。

「ねえ隼人、もう隠し事はなしにしよう。あなたの秘密を教えて……」

「オレは……」

オレは、言った。ずっと言えなかったこと。ずっと言いたかったことを。叫び出したかったことを。

『オレ様は、警察官になりたかった』んだ……！　今の仕事は辞めたい……！　スーパーで働く時間が惜しい……！　子どもが生まれるのに、ごめん……！　働きたくない……！　オレ様は警察官になるために、勉強がしたい……！　体を鍛えたい……！」

「うん、応援する……！　頑張って、お父さんっ……！」

うおおうおおおうおお——。

雄叫びのような慟哭が喉をついて出た。エリの華奢な体を力の限り抱きしめる。エリも片方の腕を回して泣いていた。もう片方の手は大きくなり始めたお腹に添えている。

愛していると思うほどに、言葉にならない叫びが出た。

4人目　お金

見江海晴

カネ。世の中カネだと思った。なにをするにもカネがかかる。食事を取るのもカネ。喉の渇きを潤すのもカネ。寝泊まりする場所もカネ。教育にもカネがかかって、どれだけ高い教育ができたかで、将来、得られるカネの量も変わってくる。

そう、やはり、カネなのだ。

カネさえあればなんでもできる。

カネがなかったらなにもできない。

資本主義、自由経済っていうのは、詰まるところそういうことだ。

——いやそうじゃない。

カネがすべての世の中に、明確に「NO！」を叩きつけた人物が、日本にもいた。

僕は今、その人物に会いに来ていた。ここ数年、滅多に露出しなかった彼が、珍しく人前に出てくる。噂を聞きつけてきた人々で、南フクツマ駅東口のペデストリアンデッキはごった返していた。あちこちに、公職選挙法に基づいた政党ののぼり旗が立っている。壇上には音声機器も窺える。

民営党候補者の街頭演説の日だった。といっても〝彼〟自身が立候補者というわけではなく、その応援に駆けつけてくるらしい。しかし応援というだけでも異常な注目を集めている。当然だ。

内閣総理大臣。民営党総裁、河村太郎。

民営党創設者の一人にして、ここ十年間、日本のトップに居座り続けている傑物だ。

首相としての通算在職日数は、かの桂小太郎を抜き、日本国の歴代最長。元々は青森県の教育者一族の出身だという。

十五年前、河村太郎は、有名私立高校の校長の座を退き、当時広がり始めたネットメディアを活用して〝おもしろ政治家〟として注目を集める手段を取った。まだまだテレビが盤石だった時代に、ユーチューブやニコニコ動画といったネットメディアを積極的に活用、さらにツイッターやインスタグラムというSNSも巧みに操り、若年層をメインに票を集めたのだ。そして自民党の崩壊、民主党の自滅を受けて、漁夫の利が転がり込むような形で政権を取ることとなった。

その後、大震災時において自ら命を賭けるという思い切ったパフォーマンスと、「事件は机の上で解決できない！」「現場の声に耳を傾けよう‼」という戦略が功を奏し、原発の放射能漏れを回避し、被害を最小限に食い止めたことで絶大な支持を獲得した。勢いに乗った彼は実験都市フクツマを立ち上げ、数々の反発を受けながらもこの国を大きく変える革命家として在職日数を伸ばし続けている。

そして現在、連続四期目に突入した河村総理が、果たしてどこまで君臨し続けられるかは見物だった。

だけど……それも今日までかもしれない。

背後にいる男が、囁きかけてきた。

「おい、わかってるな」

「……はい」

僕は小さく頷く。顔から血の気が引いて、末端が震え始めた。心臓がバクバクと破裂しそうに高鳴っている。そろそろ時間だった。

壇上で、名前もわからないような小物の政治家が、ついに総理の名前を呼ぶ。謎かけを得意とした芸人の司会者が場を盛り上げつつ、河村太郎を壇上に呼び込むとＳＰと思われるスーツ姿の屈強な男たちが周りを固める。途端にカメラのフラッシュが焚かれる。スマホで撮影している人も多く見られる。

僕も生で見るのは初めてだ。体育会系で育ち、若いころは肉体労働をしていたという河村太郎は、還暦を迎えてもなお頑丈そうな肉体を維持していた。まるで野生の雄牛のような、非常にエネルギッシュな人物だ。あれで頭脳明晰なのだから天は二物を与える。僕にはまったく似ていない。まるで正反対だ。

「おい、やれ。どうした」

僕の背後の男が、耳元で低く命令してくる。政治になんて興味なさそうな、見るからにチンピラといった風貌の若い男。それがあまりにも恐ろしいことを、普通なら言葉にするのも憚られるようなことを命じてくる。

「殺せっ、総理を撃ち殺せ！」

早くしろっ、と切羽詰まった声が耳たぶを打つ。

僕は唇を噛んで、顔を歪めた。そして背後からのプレッシャーに屈し、ジャケットの内側に手を忍ばせる。白い拳銃に、手をかけた。

……さよなら、お父さん。

すべてはお金のためなんだ――。僕は拳銃を抜き、安全装置を外した。

×　×　×

僕は母子家庭の貧乏な家庭で育った。

といっても、自分の家が貧乏だと気づいたのは中学に上がってからだった。それまではむしろ裕福な家庭なのだと思っていた。住んでいる場所は立派なマンションで、衣服は羨ましがられる高級ブランド、髪も幼少期から美容院で切ってもらい、幼稚園や小学校の給食は不味く感じた。母が用意する食事を食べていれば、給食はあまりに貧相に思えて仕方なかった。

母は若く、美しかった。授業参観で後ろに並ぶ保護者の中では、母は雑草の中に咲き誇る一輪の赤い薔薇だった。夜空でひときわ輝く星シリウスだった。ほかの保護者は近くに居づらそうにしていて、幼かった僕は母は特別なんだと思っていた。

しかし年の離れた姉は、ある日を境に母と反目し始めた。それまでは仲がよかったのに、母とのケンカが増え、怒鳴り合ったり、時には物を投げ合うような暴力的なケンカをする日もあった。

「全部、偽物！」

高校に上がったばかりの姉は、泣いていた。耐えがたい悔しさに心を引き裂かれたようだった。

僕にはなにがなんだかわからなくて、とにかく姉と母が仲直りするようあいだを取り持とうとした。

しかし姉は、僕のことも可哀想なものを見る目で見てきた。

「お姉ちゃん……？」

「わたしは、あんたの姉じゃない。半分しか血はつながってないんだから……」

それから姉は、金髪に染めていた髪を黒に戻し、肩口に短く切り揃えた。化粧も薄くなった。駅で見かけるようなその他大勢の普通の女子高生と同じで、ヘタすると見分けがつかないような平々凡々とした風貌となった。派手な母とはまるで似ても似つかない。

そして姉は、学校から帰ってくると、自分の部屋で勉強ばかりするようになった。失ったなにかを取り戻そうとするように、必死な形相で、血走った目で、参考書にシャープペンを走らせ、「自分の力で生きてかなきゃいけない」と呪文のようにつぶやき、机に噛りつき、もう家族のことを視界にすら入れようとしなかった。

姉がまるで別人になってしまってようで、怖かった。

しかし母は姉と仲直りする気がなさそうだった。ふて腐れたように「あれは失敗作」と言って、「おまえは違うよね」と僕の目を覗き込んできた。息子を見る目ではなかった。そのとき初めて母に恐怖した。

そして塾や習い事が増えた。それまで遊んでいた友だちとは縁を切らされ、もっと上流階級の子と仲よくするよう命じられた。上流階級の意味がわからなかったが、母はどこどこの誰々ちゃん、と名指しで指定してきた。話したこともないようなクラスメイトだった。違うクラスの子の名前もあった。急な変化についていけずに泣いてしまうと、母は「あなたは大物になるのよ」と励ました。「将来は父親のようになるのよ」と。

父について訪ねると、母はノートPCを持ってきて、この人だと見せてきた。最近ネットを騒がせているセイジカであるらしい。幼かった僕にはよくわからなかったが、父というだけでヒーローだった。

それから事あるごとに、母は画面上の父を躾けの道具とした。僕が友だちとゲームがしたいと言うと、そんなんじゃお父さんに会えないよ、と言われ、放課後サッカーで遊んできたら、はいまたお父さんが遠ざかりました、と皮肉っぽく怒った。中学は地元の公立でいい、と言うと、お父さんはそんなことは望んでいない、と喚いた。

そして、それまでずっとネット上の存在だった父が、急にテレビに出るようになる。ネット上ではおどけていた父は、テレビでは堂々と振る舞っていて、立派なリーダーだった。僕は嬉しくて、あれは僕の父だとクラスで自慢した。クラスメイトは信じてくれなくて、嘘つき呼ばわりされた。担任から電話を受けた母は僕をぶった。父のことは誰にも秘密だと怒鳴った。

なにかがおかしい、とさすがに僕も気づいた。

ある日、学校から帰ってくると、スーツを着た大人たちが何人もいた。部屋の中をうろうろし、「差押」と赤い字で書かれた紙を、家具や家電に次々と貼っていった。高級ブランドの衣服や靴も「差し押さえ」されていった。そして僕はもう塾に行かなくていいと言われた。姉はとっくの昔に家を出ていた。

「これから、どうなさるんです？　生活保護ですか」

年長のスーツの男が問いかけると、母はふて腐れてこう答えた。

「フクツマに行きます」

それから一週間後には、住み慣れたマンションを離れた。

フクツマに向かう新幹線の中で、僕は母に質問した。なぜフクツマなのか。父が今作っている都市だからフクツマに行くのか。フクツマに行けば父に会えるのか。

しかし母は僕から目をそらし、車窓から風景を眺めた。

――ここで母がなにも答えなかったことが、かえって僕の自立心を焚きつけたのだと思う。

僕は立派な大人になるまで、父に会いに行くことを自らに禁じた。

× × ×

ひい、ふう、みい、と数えたところで、次の言葉がなにか知らなかった。よう、かな。それとも、しい、かな。どうでもよかったので、いち、に、さん……と普通に数えていった。

十枚の束にまとめて、床に置く。

同じことを何回も繰り返すと、最終的に十枚束が二十個できた。

二百万円だった。

ボロボロの貧乏アパートの床に、今、現金二百万円が置かれている。

言いようのない高揚感が湧き上がってきて、口がニンマリと歪んでしまった。

バカみたいな大声を上げて踊り出したかったところだが、僕ももう新成人。立派な大人だ。ここはくっくっく、と低く笑うに留める。留めるつもりだったが、大口を開けて笑ってしまった。

よくやった、これぞ頭脳の勝利だった。まんまと二百万を手に入れてやったぞ——。

その代わり、世界に一つだけのものを失うことになったが、後悔はなかった。むしろこれこそ最高の使い方だと思った。

そう、白い拳銃を手放す代わりに、僕は大金を手に入れたのだ。

成人式で白い拳銃を受け取ってから、僕はこれをいかにうまく処分するかを考えていた。ダメイケメンのアキラみたいにムダ撃ちするなんて論外だった。姫南のためだけに貴重な財産をドブに捨てたお人よし。僕はああいうふうにはならない。

護身用として所持し続けるというのもうまくない。だいたい、一発だけの拳銃なんて、威嚇にしかならない。そして撃ち切ってしまったあとの報復が怖い。ヘタに撃つくらいなら最初から持っていないほうがマシだ。

僕が考えていたのは、白い拳銃をどうにか売り捌けないか、ということだった。

一発かぎりとはいえ、日本国内で銃を使えるというのは計り知れない価値を持つ。後ろ暗いことを考えている連中にとっては、喉から手が出るほどほしい代物だと誰にでもわかる。

ただし、法的に売却が許されているのかは気がかりだった。この法案を強硬採決した民営党は、ろくな説明もしない。通常なら法案の全文が公開されてしかるべきだが、信じられないことに後出しの小出しだった。

拳銃が収まっていた箱に入っていた、説明書のような紙切れを、僕は何度も読み返した。

★安全装置を外し、引き金を引くと、実弾が発砲される。
★拳銃に込められた弾は、一発だけ。
★フクツマ県内において、なにに使用しても自由。
★人や物を撃っても、傷害罪・殺人罪や物損罪は適用されない。
★ただし、強盗や請負殺人等営利目的であれば、通常の刑法に照らし合わせる。

ふざけていた。法学部に身を置く者としては、法の全文を広く公開すべきだと真摯に思う。この程度の情報では、どう扱えばいいのかまるでわからない。

民営党の強権発動は今に始まったことではないが、徐々にエスカレートしているのは僕も肌で感じる。公開されない法に従う義務などない。教えられない法律に違反して、処罰を受けるなんて間違っている。

——だけど、日本を含む世界中のあらゆる国の為政者が、市民に法の理解を積極的にさせようとはしない。市民が本当に法律を理解してしまうと都合が悪いからだ。民主主義国家にとって、本来は、法学は義務教育の一つであるべきだが、そんな理想をバカ正直に実践するお人よしが政治家になんてなれるはずがなかった。

民営党はその点、かなり強引に進めている。フクツマが大混乱に陥るのは想定済みで、実験都市の面目躍如と言わんばかりだが、フクツマに身を置く僕としては気が気でない。ベーシックインカムやその他の社会福祉のツケを払うときが来たってことだ。

フクツマ県民の新成人五万人のうち、ほとんどがそうだったように、僕はしばらくは様子見を決め込んだ。やがて、再生数狙いのユーチューバーたちが検証動画を上げたり、SNSで報告する人が現れ始め、まとめサイトも『一発の銃弾法』の情報を一つの記事に集約していった。

僕が知りたかったのは、とにかく高値で売却できるかどうかだった。

自由経済では基本的にあらゆるものの売買が可能であるはずだが、実際にはいくつも制限がある。昨年は新型ウイルスの影響で、マスクの高額転売が違法となった。あれは『国民生活緊急措置法』に基づくものだ。

成人式から一週間後、ようやく僕の知りたい情報が手に入った。

白い拳銃の売買を試みた人物が、先日警察によって逮捕されたとSNS上で告白した。ただし逮捕されたのは彼自身ではなく、買い取った相手が逮捕されたというのだ。

ある意味で児童売春と同じだ。相手が十八歳未満なら青少年保護育成条例に触れるため、合意の上であれ処罰されるのは買った側のみ。白い拳銃も、買い取った側のみが罰せられるようだ。

しかしこれは、売るほうは売り逃げができることも意味する。

買い取りが違法という情報が広まる前に、今のうちに僕もメルカリやヤフオクに出品しようか考えた。しかし最低でも百万で売りたくて、果たしてそんな高額で買い手がつくのか疑問だった。それに、出品する行為がなにか別の法律に違反するリスクもあった。政府が法律を事前に教えないから、僕たちは二の足を踏んでしまうのだ。

躊躇しているあいだに、買い取りが違法という情報は広まってしまった。こうなるともう、情報弱者を騙すようなやり方しか通じなくなる。

しまった、安くてもいいから早めに売り逃げしておくべきだったかな……。

僕は頭を抱えて、溜息をついた。

拳銃という、凶悪で、厄介な代物が、僕の部屋で異様な存在感を増し続けていた。それはお金に困窮していたからだ。

お金がない——。

大学に進学して、気づいたら借金は百万円に膨らんでいた。

借金の始まりは大学で使うノートPCがほしかったためで、すぐ返すつもりだった。しかし大学の先輩の儲け話に一口乗ってみたら裏目に出て借金は五十万を超えていった。初めてできた年上の彼女からは、貧乏はイヤだとフラれてしまった。借金を別の借金で返すようになると、手数料の分だけ負債が膨らんだ。焦げ付いたクレジットカードが何枚も増えていった。

雪だるま式という言葉の意味を、実感を伴って理解して、もうダメだと頭を悩ませた夜は数知れない。酒を飲んで忘れようとしたが、すぐ気持ち悪くなって吐いてしまった。

破産手続きをすれば、借金は帳消しにできる。しかし信用情報に傷がつく。僕が将来、弁護士になる際に、それは見過ごせない傷として残るだろう。

だから白い拳銃が来たときは、起死回生のチャンスかと思った。うまくやれば借金を帳消しにできると。だが――欲張ってしまったみたいだ。もらってすぐに売りに出していれば、せめて五十万くらいで売れただろうに。

そういった愚痴をツイッターで連投していたときだ。

コメントがついた。

『白い拳銃に関して、お互いにウィンウィンになれるお話があります。もしよかったらフォローバックして頂いて、ダイレクトメッセージでお話できませんか？』

相手のアカウントは『ボンバーファイナンス公式@味噌ラーメン』とあった。味噌ラーメンというのは担当者の最近の好物で、ときどき別の食べ物に変わるらしい。

かなり砕けた調子だが、どうやら消費者金融のようだ。ホームページもあり、ユーチューブには宣伝動画も上がっている。僕も名前くらいは知っている有名人がダンスを踊っていた。ボンバーファイナンスというだけに、ラストは爆発のようなアニメーションで締めくくられたけれど、なぜボンバーなのかは不明だった。

『なんでしょう？』

僕はとりあえず相手の出方を窺ってみた。ひょっとすると白い拳銃を担保に、三十万くらい借りられるかもと期待していた。もちろん、返せる予定なんてないけども。

相手は少しもったいぶった調子で「ここだけの秘密のお話です」とか「あなただけに特別に」などと言い回してから、ようやく本題に入った。

『白い拳銃を担保にした借り入れの話でございます』

思わずガッツポーズした。僕の期待どおりの答えだった。

白い拳銃の買い取りは違法だが、それを担保とした借り入れはまだ違法という情報はない。相手も僕とほとんど同じことを考えていたわけだ。

僕が話に乗ると、相手は急ぎ足で契約日を指定してきた。僕の過去のツイートから、僕がフクツマの南部にいることは知られていたようで、近隣の事務所に行くよう指示された。


「ボンバーファイナンス……ここで間違いないようだな」

人通りが少なく、薄暗い通りにある低層ビル。その三階に事務所があった。

チャイムを押して約束していた旨を説明すると、間もなくドアが開かれる。美人だが、どこかくたびれた印象のOLだ。それが無愛想に応接室へ案内した。

五分ほど待っていると、チンピラのような若い男が現れた。

「いやーお待たせしちゃってすみませんね。じゃ、手続き始めましょうか」

えっ、と喉から出そうになった声を押し殺す。こんな軽薄そうな男が金融機関の従業員なのか。スーツどころかTシャツで、ジャラジャラとネックレスをつけている。

「はい、じゃあ、こちら記入のほうお願いしまーす」

書類とボールペンを差し出され、戸惑いつつも名前や住所を記入していく。チラッと正面の男を見てみると、断りもなく電子煙草を吸い始めた。

なにかがおかしいのではないか……。僕は助けを求めるように周囲を見る。

ただ一つの出入り口は、先ほどのアラサーくらいのくたびれたＯＬが塞いでいた。ドアを背にし、スマホを操っている。逃がさないようにしているのか？　なぜ――。

ざわざわと、恐怖と身の危険を感じ始めていたが、書類も書き終わり、持参した印鑑証明とマイナンバーカードでの身元チェックが行われる。携帯の番号も、この場で電話をかけられた。

「書類は問題なしっすね。じゃ、例の物を見せてもらいましょうか」

「はい……」

僕はバッグに入れていた箱を取り出した。あの成人式の日にもらったものだ。そして蓋を開け、白い拳銃を見せる。もはや伝説的な代物で、この若い男やＯＬも目を見開くかと思っていたが、平然としていた。男は手にとって簡単に扱ってみる。

「間違いないっすね」

箱に戻し、蓋を閉じる。そして手前に引き寄せた。

「じゃあ借入額はどうしますか」

「え、あの……それでいいんですか。本物かどうか確認したりとか……」

僕は思わず聞いてしまっていた。男やＯＬの反応があまりに淡泊で、肩透かしを食らったからだ。

すると男はなんでもないように、

「あー大丈夫っすよ。偽物なんてそう簡単に作れないっす。触ったらわかります」

触ったらわかる？　どういうことだ。特殊な材質なのか？

「でも、弾丸が入ってるかどうかもわからないでしょ？」

「入ってますよ。入ってなかったら、こうはなってないっすもん」

男は白い拳銃が入っている箱をチラリと見た。よくわからない。この男は僕の知らない情報を持っている。

疑念が渦巻く僕に、男はパアっと人なつこい笑みを浮かべた。

「借入額、いくらにしましょうか」

「ええと、その……」

「調べましたが余所の借り入れが、合計で百万円くらいあるんすよね」

「そうなんです……。できるだけその補填に当てたいんですが……五十万くらい、ダメですかね？」

恐る恐る聞いてみた。しかし男は「なにちょろいこと言ってんすかー」と明るく言った。

「ここは二百万にしときましょうよ！」

「に、二百万っ？」

目玉が飛び出るかと思った。男は勝手に書類に数字を記入していく。

「そそ、借金全部返して、有り余るくらいのお金借りちゃいましょうよ。男ならそのくらいできないとね」

「お、男なら……」

「そう、男ならね！」

男は借金が多いほうがいいのだろうか。そういえばネットで、億単位の借金ができるのは逆に凄いと聞いたことがある。僕もたくさん借金したほうがいいのだろうか……。

いやいや、やっぱりおかしくないか？

そうこう疑っているうちに男は勝手に印鑑を必要箇所に押していく。

「印鑑のほうお返ししますねー。じゃ、ちょっと待っててください」

書類と箱を持って奥へ行こうとした男の背中に、引き留めるように僕は言う。

「あの、二百万なんて、返せるかどうか、わからないんですけど」

当たり前だろう。最初に買ったノートPC代の十五万円が返せず、そこから雪だるま式に百万まで膨らみ、次は一気に二百万に増えるとか、訳がわからない。そもそも考えてみれば、僕はこれまで借金をほとんど返せておらず、ほかの借金によって誤魔化してきただけだ。このままだと破産するしかなくなる。

「大丈夫っすよ、お金返さなくても」

男は自信満々にそう宣言した。

「え、返さなくて、いい……？」

「お兄さんも、ほんとは薄々わかってんでしょ。これ、どういうことか」

いやわかってなかったけれど、ややあって、ようやく察した。

そうか、これは借り入れという名目での実質買い取りなのだ。法的には違法である白い拳銃を、密かに手に入れるための法の抜け道。やたらと高額であるのは口止め料が含まれているからか。

闇取引ってやつだ――。僕も冷や汗を掻きながら、チンピラの男に頷く。大丈夫だ、僕は悪くない。なにも悪くない。ここで借りた二百万円は、彼らも取り立てに来ない。もらい逃げしていいのだ。僕も他言無用にすること。それが暗黙の掟。

僕はもう、余計なことはなにも言わなかった。

ただ男が持ってきたぶ厚い封筒を、二つ、しっかりと手に受け取った。

◇

その日はよく眠れなかった。社会の暗部に片足突っ込んだ不安と、そんなワイルドな自分に酔う快感で、神経が興奮していたからだ。

翌日、僕は目をギラつかせながら銀行ＡＴＭに向かった。そして一件一件、アナログで振り込み、借金を返済していった。

思ったより浮いた分を、どう処理しようかと考える。そこで思いついた。僕には今、足りない物がある。一旦アパートに帰り、成人式の日に着ていった高級スーツを取り出した。

そう、第三班のみんなには高級スーツと言ってある。バイトで少しずつ貯めたお金で、成人式はみんなで高価な衣装を着ようという約束。この僕が、そんなバカげた約束を守るわけがなかった。とはいっても、十万もしたから、高級と言っていいだろう。ヒロクンは、七十万のスーツを買ったと言い張っていたが、あれは絶対に嘘だ。そんなに高いスーツがこの世にあるはずがない。だけどヒロクンはあのとき、すべてを見抜いていたように「時計は安物」だのと小バカにしてきた。舐めやがって。今に見ていろ。

僕は十万の高級スーツに着替え、アパートから出る。やがてここからも引っ越さねばならない。この僕がこんなオンボロアパートに住んでいていいはずがないのだから。

電車に乗り、ある大型家電量販店の地下へ行く。広い時計コーナーがあるのだ。僕はここで高級スーツに合いそうな腕時計を探した。五十万。目玉が飛び出しかけた。こんな簡単に高級腕時計が見つかるのか。五十万。もう一度値段を確認する。ひょっとすると桁が違うのかと思ったが、数え間違いではなかった。粘っこい嫌な汗が滲み出てくる。

だが、この高級スーツに釣り合う腕時計はこのくらいでないと。

僕は勇気を振り絞って店員さんを呼び出して、これください、と言った。店員はガラスケースを開けて、五十万の隣にあった七万の腕時計を取り上げ、これですか、と確認してきた。あ、それでいいです……と言いかけた僕は、弱音の虫を払うように首を振り、こっちです、ともう一度指差した。

「えっ」

中年の店員は唖然として、僕を見返してくる。派遣社員っぽい彼の給料の、二カ月分とかじゃないのか。僕は小刻みに頷いた。気が気じゃなかった。レジで現金で払おうとすると、店員は「あっ、現金ですね」と窺ってきたが、「数えてください」と裏返った声で言った。店員は困惑しながら万札を一枚一枚数えていった。

その場で腕時計を左手首につける。ずしりと重かった。五十万の重み。あまりの重量に、重心がずれて、左肩から下がっているような気がした。

もう、なんか、心がヤケになっていた。その足でデパートの紳士服売り場に行き、一番高い革靴を買った。十八万だった。インソールは驚くほど柔らかかったが、履き慣れていない革製は固くて足が痛んだ。

妙な熱が、体内で燻っている。近くのコンビニで缶チューハイを買って一気飲みした。

これで僕も、一流の男になれただろうか。新成人に、立派な大人になれたのだろうか……お母さん。

いや、と僕は首を振った。まだ足りないものがある。そう、彼女だ。彼女の一人でも作れないとデキる男とは言えない。

スマホを取り出す。この僕に一番似合う彼女といえば、姫南に違いない。貧乏は嫌だと言って僕を振った元カノは、ただのカネの亡者だった。姫南はむしろ、上級国民のお嬢様だ。日本有数の家電メーカー、円城寺グループの創業者一族の一人娘。相手にとって不足はない。

「もしもし、姫南」

『海晴くん？　どうしたの、いきなり』

戸惑ったような声だったが、相変わらずのウィスパーボイス。第三班のメンバーで、僕のことをミエハルだとか呼ばずに、ちゃんと本名の海晴で呼んでくれるのは姫南だけだ。見た目だけじゃなく、中身も美しい。

「やあ、姫南。突然だけど、今、どこ？」

『え？　大学、だけど』

僕と同じフクツマ大学だ。僕が法学部で、姫南は経済学部だけど。

「そう。じゃあ、今からそっち行っていい？」

『えっ、なんで？』

なんでそこまで驚く。

「じつはちょっと、臨時収入が入ったんだ。だからいつも世話になっている姫南に、お礼をしようと思ってね」

『……私、海晴くんになにかしたっけ？』

君みたいな可愛い子はいてくれるだけでいいんだよ、なんてキザなセリフはさすがに言えないかな。

ふふっ。

「姫南はいつも優しいからね」

『昼間から、酔ってるの？』

　たしかに缶チューハイは飲んだけど。見透かされた僕は少し焦ってきた。

「会えるの？　会えないの？　なんでもプレゼントするよ、今なら」

『……ううん、いらない』

「なんで。ほしいもの買ってあげるってば。今なら本当に、お金があるんだ」

　あ、そっか、と僕は合点がいった。

「姫南はお嬢様だから、ほしいものはなんでも持ってるんだよね」

　皮肉っぽく言い過ぎてしまったか。姫南は沈黙を挟んだ。それから言った。

『私ね、本当にほしいものは、自分の手で手に入れるようにしてるの。自分で働いたお金で買うの。これまでもそうだったでしょ。成人式の衣装もそう』

　ねえ海晴くん、と姫南は尖った語調で続けた。

『七年の付き合いになるけど、海晴くん、今まで私のなにを見てきたの？』

　なんでそんなに、責められるように言われなくちゃいけないんだよ。

　スマホを握る手に力が入る。僕は悪くない。なにも間違わない。正しい選択をしているはず……。

『いつもお世話になっているお礼っていうなら、ヒロクンにプレゼントすれば？』

「は？　なんでヒロクンが出てくるんだよ」

　ヒロクン。芳賀寛之。目の上のたんこぶだ。学校の成績は常にあいつが一歩先。運がいいんだ。当てずっぽうの回答がよく当たる。

『だってあなたたち、仲がいいよね』

「どう見たら、そうなるんだ」

　いつもケンカばかりしてる。ヒロクンのやつが、いちいち突っかかってくるんだ。たぶん、僕に負けるのが怖いんだろう。

『そう……海晴くんは気づいてないかもしれないけど、ヒロクンはあなたにだけ、わざと辛辣に当たっているの』

「気づいてるよ」

『ううん、海晴くんはその本当の意味を知らない。私がどうしてか聞いたらね、ヒロクン、こう言ってたの――ミエハルは凄いやつだ。めちゃくちゃ勉強ができる。でもあいつは、叩いたらもっと伸びるんだ。だから俺は、あえてあいつに突っかかって、あいつの潜在能力が開放されるのを手伝ってるんだ。ぐんぐん伸びるよ。俺も負けてられなくて、勉強に身が入る。ミエハルがライバルでいてくれるおかげで、俺まで成績がよくなってってさあ。いつかあいつに、恩返ししてやらないとな――って』

　ヒロクンがそんなことを……？　まさか！　姫南の気を引きたいから、いいやつを演じただけに決まってる。

『とにかく私から言えることは、プレゼントはヒロクンにしてあげてってことだけ。会って話をしてあげるだけでも、ヒロクン喜ぶと思うよ。あなたのこと大好きだから』

「僕に恋してんのかヒロクンは」

『友美はその妄想を楽しんでたけど』

ＢＬ好きめ。勝手に男同士をカップリングして楽しんでんじゃない！

『じゃあね』

通話が切れる。取り付く島もなかった。

ふん、誰がヒロクンなんかにプレゼントを――と思ったところで、いいことを閃いた。

この方法ならヒロクンを見下すことができる。僕は繁華街へ足を向けた。

×　×　×

『ヒロクン、いいもの見せてあげるよ。今からちょっと来ない』

ミエハルから電話で急な呼び出しを受けた。俺はロッテリアで、大学の授業に関連する哲学者トマス・ホッブズの書籍に目を通していたところだが、今日はほかに急ぎの用もないし、あのガリ勉メガネの要望に応じることにした。

しかし指定された場所に到着すると困惑した。これは、キャバクラというやつか。繁華街のビルの前にある看板がもう、金髪巻き巻きの派手な女性のそれだった。

戸惑っていると、入り口にいた黒服の男が話しかけてきた。

「ひょっとしてヒロクンさんですか」

「違うんですけど、だいたいそうです」

「ん？」

「いえ、合ってます。友だちから呼び出しを受けて」

「はい、こちらでお待ちです」

「あの、お金持ってきてないんですが」

「お支払いは先に到着された方が負担するそうなので」

はあ、と言いながらついていく。暗い店内で、小さいミラーボールが回っている。テーブル席はカーテンのようなもので仕切られていた。

案内された席に行くと、驚いた。あの黒縁メガネのもやしっ子は見覚えあるが、普段は女っ気がないミエハルが両手に花状態で女の子を侍らせ、テーブルにはフルーツセットと高そうなお酒が置いてある。

「よお、ヒロクン」

ミエハルは両隣の派手な女の子に、こいつがさっき話してたやつ、と小声で言った。女の子たちは揃って僕を見て、くすくす笑う。いったいなにを吹き込んだのやら。

「ミエハル……またそんなことやってんのか」

俺はうんざりだった。ミエハルは「ああっ？　なんだよ？」と呂律の怪しい単調なセリフを言ってきた。酒に弱いくせに飲んでいるのだ。

「ヒロクン、今日こそ僕のほうが上だってことを証明してやるぞ。見ろ、五十万の腕時計だ」

「ふうん……」

「靴だって十八万したんだぞ」

「俺も飲んでいいのか」

ソファーに座ると、すかさず女の子が空いたグラスにウィスキーを注いでくれる。ありがとう、と礼を言った。

「聞けよっ。合計七十八万の男だぞ。おまえの嘘のスーツでも七十万。はい、僕の勝ち！」

どうでもよかったが、計算してみるとスーツが十万くらいになるぞ、ミエハル。高級だって言っていなかったか。十万のスーツのどこが高級なんだ。

しかしミエハルは、両手を広げてドヤ顔をしてくる。

「どうだヒロクン。おまえが勝てるところは一つもないだろ」

「美容院には行かなかったのか。首から下だけの男だな」

アッ、とミエハルは頭に手をやった。スーツは悪くないし、腕時計もゴツくて格好いいし、革靴も輝いていたが、髪がボサついていたから台無しだ。

それにしても、今日のミエハルはやたらに豪勢だ。かなり借金で苦しんでいたはずなのに絶対に裏がある。そこで、ハッとした。話しかけようとしてきたキャバ嬢を遮って、俺は訊く。

ミエハルは急に機嫌を直して、得意げな顔をした。

「ああ、それね」

「うまいこと処分してやったよ」

「バカ。売ったのか」

バカという単語に、ミエハルの表情筋がぴくりと動いたが、したり顔はまだ続く。

「売ってはないよ。それじゃあ犯罪だろ？　だが法には抜け道ってものがあるんだよ。僕の頭脳にかかれば数百万で処分することもできるのさ。ヒロクンがどうしてもって言うなら、教えてやってもいいよ」

もったいぶった言い方をしているが、一発の銃弾法を隈なく調べ尽くしている俺はお見通しだ。

「拳銃を担保に貸し付ける方法だろ」

ズバリ指摘すると、ミエハルはギョッとする。

「えっ、知ってるのか」

知ってるもなにもないだろ――。俺は気づいたら怒鳴っていた。

「とんでもないことになるぞ！　今すぐ、カネを返してこい！」

ミエハルは目を白黒させた。すっかり酔いが覚めた顔だった。

× × ×

僕は帰りの足取りが重かった。ヒロクンの話が脳裏で渦巻き、重い澱のようなものが胸中に沈殿する。食べ過ぎのように胃がもたれていた。

『白い拳銃を担保に貸し付ける方法は、一週間くらい前からネット上で話題になり始めた』

と、ヒロクンは言っていた。

『最初はみんな調子がよかったんだ。思ってた以上に高額なお金が入ってきたってな。でも翌日にはすぐ、強引な取り立てにあうらしい。おかしいよな。返済期限はまだずっと先なのに、翌日に無理やり取り立てるなんてあり得ない』

これにはからくりがある、とヒロクンは続けた。

しかしその回想に耽る前に、自分のアパートが見えてくる。日は暮れていた。街灯の頼りない明かりが周囲を照らす。今日は不安で眠れそうになかった。

鍵を開けて中に入ったところで、ふと、違和感を覚えた。靴を脱ぐ途中で固まってしまう。悲鳴を上げる暇もなかった。突如出現した黒い影に掴み上げられ、床にねじ伏せられた。もの凄い力だった。

「カネを返してもらおうか」

あの金貸しのチンピラの声だった。

僕は恐怖のあまり、呼吸もうまくできなかった。

玄関が開く。また誰か来たらしい。ドスの利いた低い声が響いた。

「おう、こいつか。うちを罠に嵌めようとした小悪党は」

「はい、間違いねえっす」

「よおし、奥に連れてけ」

チンピラがもの凄い力で僕を引っ張り上げる。僕は言葉にならない声を上げて抗うけれど、どうにもならなかった。部屋の隅に投げ捨てられる。

「大人しくしろや！」

チンピラが胴間声《どうまごえ》を上げた。

僕は尻餅をついた姿勢で、ズレたメガネも直さずに二人を見た。一人はあのチンピラで間違いなかった。もう一人はもっと年上の、四十前後のヤクザのようなガラの悪い男だった。ヤクザのような、というより、この異様な迫力は、ヤクザだろう。

僕は恐怖で身がすくみ、なにもできなかった。

ヤクザが僕の目の前で膝を折り、威圧的な視線を向けてくる。

「よお、兄ちゃん。随分なことしてくれたなあ。拳銃を担保に、カネを借り逃げしようとはな。ふてえ野郎だ」

陸に揚げられた魚のように息が詰まったが、どうにか声を絞り出す。

「あの、そっちの人が、返さなくていいって……」

僕はチンピラを恐る恐る指さした。ヤクザがそっちを見た。

「金返さなくていい？　おまえ、そんなこと言ったのか」

チンピラは悪びれもせずに答えた。

「言うわけないでしょう。金貸しですよ。返してもらってナンボです」

しゃあしゃあと、この野郎！

だけど、当たり前の話だ。お金を返さなくていいなんて甘い考えだった。契約書には僕の字で住所氏名やサインが記入してあって、印鑑も押してある。物的証拠である書類に不備はない。

「さあ、耳を揃えて返してもらおうか」

「あの、昨日借りたばかりですし、期限までに、ちゃんと返しますので……」

「ほーう、二百万、ちゃんと返せるっていうのかい。おまえさん、収入の見込みは？」

なにも言えなかった。アルバイトなど焼け石に水だ。腕時計や靴を売り払っても全然足りない。破産申請するしかなかった。しかしこいつらは許さないだろう。いわゆる、ヤミ金というやつなのだ。

僕は最悪のところから借りてしまった。

「いいかい、兄ちゃん。白い拳銃の売買が禁止されてるのは知ってるよな。あんたがこのままカネを借り逃げしちまうと、うちは白い拳銃を買い取ったことになっちまうんだよ。それじゃあ、うちが法的に罰せられちまう。うちはどうしても、あんたにカネを返してもらって、白い拳銃を差し戻さなきゃならねえ。わかるな？」

ヒロクンが言っていた話を、今、ヤクザの口からも聞いた。そう、白い拳銃の売買は、買い取った側に法的な罰則が下る。そしてまた、白い拳銃を担保とした貸し付けで、そのままカネを返さずにいると、実質売買が成立したことになってしまう。

法の抜け道のグレーゾーンではなかった。ブラック。完全にアウトだったのだ。

「そこで、だ」

ヤクザは鞄から書類を何枚か取り出した。

「こいつはうちから新しく借りるための借用書だ。兄ちゃんにはさらに二百万借りてもらって、白い拳銃を引き取ってもらおう」

さらに二百万。合計で四百万の借金というわけだ。雪だるま式どころではなかった。

「よかったなぁ、こんなに貸してくれるところ、ほかにないぜ？」

最初からそのつもりだったくせに――。悔しさに唇を噛んだ。しかし言い分を飲むしかない。断ればどうなるかわからなかった。

僕はしずしずと書類に必要事項を記入し、印鑑を押した。

これで四百万の借金持ちになったわけだ。借金の額が多いほうが逆に凄いという話を聞いたことがあるが、そんなわけないと思った。

「さて、兄ちゃん、これであんたに白い拳銃が戻ってくることになったわけだが」

いよいよここからが本題だというように、ヤクザは持って回った言い方をした。

「四百万、返せる予定はあるのかい？　合法的な金利だけでも、相当なもんだが」

僕は押し黙るしかない。騙されて、暴力を背後にチラつかされて、無理やり借金させられた……。

いや、本当にそうだろうか。僕はいつか、合法的だったとしても四百万くらいの借金はどこかでこさえてしまったのではないか。後先考えずにほしい物を買って、借金を借金で誤魔化して、気づいたときには数百万に膨らんだのではないか。それが少し早まっただけなのかもしれなかった。

「家族構成は、と……母親と姉がいるようだな。代わりに払ってもらうか？」

「家族には、知らせないでください……」

母はたぶん僕以上に借金しているし、姉は公務員になって普通に結婚した。そのうち子どもだって生まれるだろう。その幸せをぶち壊したくない。

「父親はいないのか」

僕は少しだけ息を吸って、

「いません……」

そう答えた。そう答えるしかなかった。けれど一方で、僕の父は内閣総理大臣です、河村太郎です、と言うと、爽快な気がした。僕に手を出したら父が黙っていないぞ、なんて言ったら、こいつらはどういう反応をするだろう。驚くか。いや、きっと小学校のクラスメイトと同じように、大笑いして、頭がおかしいってバカにするのだろう。

「じゃあ、どうやって四百万、返すっていうんだ？」

ヤクザとチンピラが、ニヤついた顔を向けてくる。わかっている。ヒロクンが言っていた話と同じだ。

このあと彼らが持ちかけてくるだろう話を、僕は先んじて聞いた。

「アルバイト、ありませんか……？」

◇

「民営党総裁、内閣総理大臣、河村太郎氏の登場です！」

謎かけを得意とした芸人司会者が大仰にマイクパフォーマンスし、河村総理が壇上に上がる。

僕は息を殺し、群衆の中に紛れ込んでいた。総理のＳＰは鋭い目を周囲に走らせているが、南フクツマ駅東口は雑多な人々で混み合い、殺意は紛れて見いだせないだろう。

総理の暗殺――。請負殺人は禁止。営利目的も違法。法の番人を目指す僕が法を犯す。随分とバカげたことになってしまった。僕は冷や汗が止まらない。全身が緊張し、末端がしびれ、いつ心臓が停止してもおかしくないほど錯乱していた。

できるわけがない、と僕も訴えたのだ。しかし今僕の背後にいるチンピラや、あの強面のヤクザは、できるできないじゃない、やるんだよっ、と怒鳴り、「顔はヤバイよ！　ボディにしな！　ボディー！」と指示、僕の腹部に蹴りを入れた。何度も何度もだ。三日経っても胴体や防御した手足が痛む。顔や目立つところには攻撃を受けなかった。暗殺者が目立っては元も子もないからだろうか。

なぜターゲットは寄りによって総理なのか。その説明も当然なかった。利権絡みで相当恨みを買っているのかもしれないが、考えても意味はない。

僕には、ほかに選択肢が残されていないのだ。断れば、僕は殺されるかもしれないし、母や姉にも危害が加わるだろう。それだけは避けたかった。避けなければならなかった。

ここで総理を撃つ。そのあとに僕はどうなるだろうか。希代の暗殺者として日本の歴史に名を残し、そのニュースは世界中を駆け巡るだろう。

でも罪には問われない方法が一つだけ残っている。

自らの意志で撃ったと押し通すことだ。白い拳銃を殺人に使っても罪にはならない。総理自身が強行採決させたツケが回った来たというシナリオだ。しかし警察や公安からは相当な追求を食らうだろうし、河村派の人々からの報復で僕も狙われるだろう。

なんだ、そうか。

撃っても撃たなくても、僕はもう終わりなのに一発の銃弾で世間を騒がすことになるのか……。

「おい、やれ。どうした」

僕の背後の男が、耳元で低く命令してくる。

「殺せっ、総理を撃ち殺せ！」

早くしろっ、と切羽詰まった声が耳たぶを打つ。

仕方ない……年貢の納め時というやつだった。

父さん。児童期にそう教えられた男性を遠くから眺める。そのときの強い信仰は僕の人生に大きな影響を及ぼした。父に認められる人間になりたい——、そうして努力を重ねた。勉強を頑張り、やがて弁護士になって、父の助けになりたかった。日本をしょって立つ父を尊敬し、父の片腕になりたかった。だけど、もはやその夢は打ち砕かれた。僕はすべてを失ったのだ。

……さよなら、お父さん。

すべてはお金のためなんだ——。そして、家族のためなんだ……。僕は拳銃を抜き、安全装置を外した。そして上空に向かって撃った。

ばんっ。

民衆が一斉にビクついた。総理のマイク演説が止まった。SPが瞬時に総理を囲い込んで壁になる。その一瞬に僕も大きく息を吸い込んでいた。

僕は悪くない。なにも悪くない。

「逃げろ！　狙われてるぞ！」

わっと民衆が我先に逃げ出す。それと同時に、バンッ、バンッ、とあちこちで白い拳銃の発砲音が鳴り響いた。やはり、ヒットマンは僕だけではなかったのだ。騙された複数の新成人が僕と同じように暗殺者を演じさせられていた。

「このガキ、やりやがったな！」

背後でチンピラが呪詛の声を上げる。

しかしあとの祭りだ。今やＳＰがガッチリ盾となり、総理を安全に逃がそうとしている。この暗殺劇は失敗に終わった。総理は今後さらに防御を固める。公の場での暗殺は二度とチャンスが巡ってこない。

僕は足下に白い拳銃を捨てる。その場に膝をつき、頭の後ろで両手を組んだ。降参、無抵抗を示す体勢だ。警察に逮捕されるのを待つ。

「残念だったな！　全部、警察に喋ってやる！　あんたらヤミ金のこと、背後にいるヤクザが畑本系康生会ってこともだ！　ご丁寧にスーツにバッジつけていたな！」

僕も弁護士を目指す身だ。フクツマに巣くうマフィアには多少の知識がある。極道に魂を売るくらいなら、警察の犬になってやる。証人保護措置で取引だ。舐めるな。この僕を舐めるな——。

「くそがっ」

「うぐっ！」

チンピラは僕の背中に一撃を入れた。イタチの最後っ屁だろう。民衆に混じって、脱兎のごとく逃げていくのが見えた。

にやけてしまう。僕の勝ちだ。ざまあみろ……。だが、なんだか体に力が入らない。背中になにか突っかかっている。これは……ナイフか。まさか。あのチンピラ、僕の背中にナイフを。くそ。なんてことを。意識がだんだん遠くなる……。口封じ……。最後の最後で、詰めを誤った……。ああ、視界が暗くなる……。なんてダメな男なんだ僕は……。

母さん、姉さん……父さん。みんな無事でいてくれ。

倒れ伏した僕の目の前には、役目を終えた白い拳銃が横たわっていた。僕が先ほど捨てたやつだ。そのざらついた白が記憶を刺激する。

思い出の海岸――。

瞼の裏に、あの浜辺が蘇る。第三班のみんなでよく楽しんだ。夏にはみんなで水着を着て泳いだ。スタイル抜群の姫南、少し劣るけど充分美人なヤンキーの暝花、少し影のある文系少女っぽい友美、肉体派の班長、お調子者のダメイケメン、アキラ……そして永遠のライバル、ヒロクン。

みんなが思い出の海岸に揃ったのは、あの成人式のあと……、試し撃ちをしたときが最後か……。夕闇に染まる海岸で、みんなで横一列に手をつないで歩いた……。

ありがとう、みんな。僕なんかと友だちでいてくれて……。

さようなら、みんな。とても楽しかったよ……。

そしてごめん、みんな……。七年前の林間学校で、僕が道を間違って、みんなを彷徨わせてしまったこと。本当に申し訳なかったって思う……。

僕はもう、二度と道を間違わないから……。

あの世では、ちゃんとみんなにあやま……。

5人目

逆転

円城寺姫南

十七歳の冬のことでした。

「姫南、おまえもそろそろ将来の展望を持ち始めた時期だろう。大学はどうするのかね」

「はい、父様」

屋敷の一番奥にある父の執務室に呼び出された私は、緊張を隠し切れなかった。父は厳しい人だった。この人は使えない、と見切りをつければ、親族や長年の友人であっても容赦なく排除する。娘の私も、父のお眼鏡に適わなかったらどうなるかわからない。

円城寺は元々実力主義で、父は四兄弟の三男でありながら家督を継いだ努力家。

歴史を育んだプレジデントデスクと本革張りのチェアに腰を下ろした父は、私を値踏みするような目で見ている。返答次第で私の今後が決まるような気がした。

固唾を飲んで、私は父が気に入るだろうと事前に用意していた返答を口にする。

「フクツマ大学の経済学部に進もうと思っています。円城寺の人間として恥ずかしくないよう経済について学び、経済学者になるか起業して経営者になるかはまだ決めかねていますが、現代的な優れた女性となるべく――」

「そこまででいい」

父が遮った。なにか考え込むように、額に人差し指を当てて瞑目する。

「現代的な優れた女性か」

「はい」

と私は言い切る。内心は、なにか返答を間違っただろうかとビクビクしていた。

父はマフィアの首領のように沈黙を扱うのがうまく、その重厚な存在感には圧倒されるばかりだ。

世間一般的な優しい父親の印象など一切感じたことはない。私は父の気持ちを考えて行動しなければならなかった。

「現代的な優れた女性か……」

父がもう一度繰り返した。マズい、と思った。父ほどの頭脳明晰で決断力のある人物が、同じ言葉を意味なく繰り返すはずがない。

体から血の気が引いて、寒気がした。私はなにか返答を間違ったのだ。

父は無言で席を立つと、背後のガラス窓から外を眺めた。

「……円城寺は代々、多産をよしとした」

知っている。最低三人以上、多いときでは十人もの子をなした代すらあった。理由は単純だ。数が多く、多様性が高いほど、よりよい人材が出てきやすいから。

「だが、私の代ではおまえ一人しか産まれなかった」

子どもに言われてもどうしようもない話だ。とにかく私は一人でも充分に家督を継げるよう、様々な習い事をこなし、努力を重ねてきた。

だけど一つ大きな失敗を犯した。中学受験に失敗し、普通の公立に通わなければならなかった点だ。

円城寺の跡継ぎとしては失格だった。それを挽回しようと『現代的な優れた女性』を目指すと宣言したけれど……。

「仕方ない」

と父が振り向いた。相変わらずの冷徹な目つき。娘を見るような目なんかじゃなかった。

「姫南、おまえにある人物を紹介しよう。現在、フクツマ大学経済学部の教授をしている実力者だ」

「それは、とてもありがたいことです」

希望進路先の大物に、会わせてくれるとは。

「以前からお知り合いの人ですか」

「学生時代の同級生だ。社会人になってからはしばらく疎遠だったが、数年前、フクツマの立ち上げに伴って縁を取り戻した。つまり私と同じフクツマの『設立メンバー』の一人に選ばれた男だ。一時期テレビにも出ていて、ひょうきんなキャラを演じていたが、非常に優れた経済学者として財界でも名が通っていた」

テレビに出ていた経済学者と聞いて、ピンと来る名前があった。

「まさか――」

「そのまさかだ」

鋭い声で、父は私の予想を肯定した。

「テレビの影響で、世間一般ではタレント名『ドクタージロー』で通っているが、本名は熊谷次郎。現フクツマ大学経済学部の教授で、財界では総理を継ぐべき男の一人とされている」

次期総理候補の一人。そんな大物が……。

「姫南に熊谷くんを引き会わせよう。彼から『日本にとって本当に必要なもの』を学びなさい。現代的な優れた女性ではなく、『次世代的な優れた女性』となるべく――」

はい、父様。

私は一も二もなく頷いた。

×　×　×

僕はうすぼんやりとしながらも目を開ける。少しずつ感覚が戻ってきて、自分が俯せに寝かされているのに気づく。でもアパートのカビ臭いベッドではなく、清潔なシーツの白が眩しかった。

「ここは……」

「起きたか、ミエハル。病院だ」

視界でなにかが動き、ややあってそれがヒロクンだとわかった。メガネをしていないせいで判別しにくい。ヒロクンはタブレットPCでなにかを見ていたらしいが、それを脇に置いてこちらを見てくる。

「ヒロクン……なにがどうなってるんだ」

「覚えていないのか。おまえは背中を刺されて、病院に搬送されたんだ」

ぼんやりとした状態から、急にピントが合ったように思い出す。そうだ、河村総理の街頭演説中に、僕は発砲し、そしてチンピラにナイフで刺されたんだ。

急に身動きしてしまい、背中に鋭い痛みが走って呻く。

「ムリするな。まだ塞がり切ってない」

出血多量で、どうやら丸二日も眠り込んでいたらしい。薬の副作用もあるようだ。九死に一生を得たと、ほっと安堵する。

「総理はどうなった」

「大丈夫だ。ケガもしていない。むしろ逃げ惑った人々の混雑や、暴発した白い拳銃の流れ弾に当たった人たちのほうが重傷だ」

「そうか。僕はあの人が無事ならそれでいい」

ヒロクンは目を細めた。昔から僕が河村総理に特別な憧れを抱いていることに、彼も気づいていた。

「総理は無事だが、公の場には当分出てこないとも発表があった」

「それがいい。今のうちに敵対する相手をいぶり出して排除しておくべきだ。そうだ警察はどこだ?

僕はなんでも喋るつもりだぞ。その代わり、僕や家族の保護が条件だが」

「すぐ対応するさ。廊下の外にも交代制で警察官が見張りをしてる。公安も飛んでくるぞ」

俯せの状態で、僕は顔を上下させた。

だけど、とヒロクンは続ける。

「ひょっとすると迅速な対応は期待できないかもしれない」

「……なんで」

「同じ日に、もう一つ大きな事件があった」

もう一つ大きな事件？　どういうことだ。いつも辛気くさい顔をしているヒロクンだけど、今回はいつにも増して深刻な表情をしている。

「また白い拳銃絡みか」

僕が問うと、ヒロクンは重苦しく頷く。

「初めて死人が出た」

えっ、と息を飲む。

「ついにか。考えてみればこの三カ月のあいだ、一人も死ななかったほうが奇跡だな」

「いや、奇跡でもなんでもない」

ヒロクンはしかし首を振った。

「白い拳銃は、元から命中率がやけに低く設定されているようだ」

「そうなのか？」

「この三カ月でかなり検証された。弾丸の大きさに対して銃口が広すぎる。内部にライフリングが彫り込まれていないからジャイロ回転が加わらず、空気抵抗に負けて弾道が曲がりやすい。初期の拳銃と同じで、ほとんどゼロ距離じゃないと狙ったところには当たらない」

なるほど。思い返してみれば、試し撃ちでアキラがかなり近距離から撃ったにもかかわらず大きく的を外したのはこのことが原因か……。仮に僕が総理に向かって引き金を引いたとしても、凶弾はあっさりと外れていたんだな。

「それに当たったところで威力も低い。これも初期の銃と同じで、よほど急所に当たらない限りはすぐには死なない。現代なら救急車が間に合い、先進医療がその命を救う」

懸念されていた、寝たきりの老人射殺や、育児に疲れた新成人の母親が赤子の命を奪うといった事件もまだ起きていないようだ。フクツマは福祉面が優れているから、カバーできているのかもしれない。少なくとも今はまだ、の話だが。

「だけど、政府はどうしてそんな、半端な物を支給したんだ？」

「さあ……わからない」

さすがのヒロクンも答えが出ないか。僕だって見当もつかない。政府の意図は不明だ。

「だけど死者は出たんだな」

「出た。残念ながらな……俺たちの世代なら、みんな知っているような有名人だ」

「誰だ」

「ドクタージロー」

「ええっ！」

思わず叫んでしまって、また背中の傷が痛んだ。

子どものときからよく知っている。ドクタージロー。経済学者で、子ども向けの教育番組にレギュラー出演していた。経済の仕組みをおもちゃを使って子どもたちにも理解しやすいように、明るく楽しくゲーム感覚で解説していく様に、僕たちの世代は嵌って、それを見て育った。

大震災のあとには、日本経済の第一人者として実験都市フクツマの立ち上げに尽力した『設立メンバー』の一人に数えられる。そして現在、フクツマ大学経済学部の教授をしている。

「なんで、ドクタージローが？」

「警察の発表によれば、白い拳銃の銃口を直接体に押しつけられて撃たれたということだ。衣服に焦げ痕がついていた。狙いも心臓だ。犯人は白い拳銃の命中率の低さを知っていて、明確な殺意を持ってゼロ距離で急所を撃ち抜いた」

「そんな……なんて冷酷なんだ」

僕は唖然とするほかない。あのヤミ金のチンピラや、ヤクザも相当だったが、ドクタージローを殺害した犯人も、とんでもない悪党らしい。

「動機は？　なぜ、そんなことを」

「……わからない。黙秘を貫いているようだし、俺たちからのＬＩＮＥにも返信がない」

思わぬことを言われた。

「ＬＩＮＥに返信がない？　知り合いなのか？」

「おまえも知り合いだ。というより、かなり見知った仲だ」

ヒロクンは目を伏せ、暗い顔をしている。僕はごくりと息を飲んで、

「……誰だよ」

と静かに、低い声で聞いた。

ヒロクンは自分でも信じられない事実を口にするように、困惑の語調で答えた。

「……姫南だ」

×　　×　　×

「ヒロ、ミエハルの様子はどうだった？」

班長の隼人に聞かれ、俺はまず軽く頷いた。

「命に別状はない。受け答えもハッキリしていたし、大丈夫だろう」

「……姫南については？」

「ショックを受けてたよ。あいつも少なからず、姫南に気があったみたいだからな」

重苦しい沈黙が舞い降りる。

俺たち第三班は久しぶりに班長の実家に集まっていた。およそ三カ月ぶりになる。成人式の直前に、衣装の件や一発の銃弾法について語り合って以来だ。

あのときにあったコタツはローテーブルへと変わり、班長は自宅療養しながら警察官になるため猛勉強中。瞑花も一つの問題を乗り越え、面構えが大人っぽくなっている。お調子者でダメイケメンのアキラは茶化す元気をなくし、姫南と相棒だった友美は押し黙っている。

「あの姫南が殺人ってなぁ。なにかの間違いじゃないっすかねえ……」

アキラが誰に言うでもなく、ぽつりとつぶやいた。彼もまた姫南に恋していた一人だ。

中学でも、高校でも、俺たちの学年なら姫南はマドンナ的存在だった。性格もいいから先輩や後輩からも慕われていた。姫南を嫌いな人なんて誰一人いなかった。それがどうして、こうなった。

「おいら、やっちまったっすかね。試し撃ち、やっぱり姫南に撃たせとけばよかったかもって思うんすよ……」

アキラはあのとき、姫南を庇って試し撃ちした。アキラは善意からだったのだろうが、その結果、姫南は一発を温存でき、殺人者となってしまった。

「姫南はあのときにはもう、撃つ相手を決めてたんすかねー」

「どうかな……」

少なくともこの三カ月、姫南の様子は、とくにおかしなところはなかった。ラインはきちんと返すし、たまに会って話しても不自然な振る舞いは見受けられなかった。すべて演技だったとでも言うのだろうか。

テレビでは午後のワイドショーが、今回の事件を取り扱っている。犠牲者となったドクタージローこと熊谷次郎氏は、近年はフクツマ大学経済学部の教授であり、姫南はその教え子に当たる。コメンテーターは二人の不倫関係を匂わせるような下世話な発言を繰り返す。先生とその教え子、しかも日本有数の財閥の一人娘と、著名な経済学者の組み合わせなのだから、ワイドショーとしては格好のネタなのだろう。

「ケッ。露骨に不倫に持っていこうとしやがって。姫南がそんなことするわけねえだろうが」

あの清廉潔白が服を着て歩いているような姫南が、既婚者と爛《ただ》れた恋愛をするとは考えられない。

しかし一方で、姫南が拳銃で誰かを撃つというのも〝そんなことするわけない〟はずだった。

どうにも話がつながらない。七年の付き合いだ。普段の姫南を知っている俺たちからしたら、なにかの間違いだとしか思えない。

「なあヒロクン、撃ったのは姫南で間違いねーのかよ？　じつは真犯人は別にいるとか？」

貧乏揺すりしながら、瞑花が冤罪を指摘した。俺は首を横に振る。

「一発の銃弾にはそれぞれ識別番号が振ってある。それが姫南のものと一致した。本人以外には撃てないよう静脈認証が働いていたはずだし、姫南以外には不可能だ」

「……ざっけんな……」

瞑花は肩を落とす。不良少女だった瞑花にとって、お嬢様の姫南はある種の憧れだったはずだ。女の子なら一度は夢見るプリンセス。その体現者が姫南で、同性からの眼差しには並々ならぬ憧憬の念が籠もっているのが、男の俺からでもわかった。それが、今やその手を血で染めた殺人者だ。到底受け入れ難いに違いない。

現在、警察も様々な可能性を視野に捜査を続けており、自首した姫南は逮捕こそされずとも、重要参考人として連日聴取を受けている。白い拳銃なら殺人は罪に問われないとはいえ、問題なのは、それが請負殺人であった場合は違法になってしまう点だ。姫南は財閥の娘で、ドクタージローは著名な経済学者で、そこになんらかの利益が絡む事情があるのかもしれないと、捜査関係者でなくとも想像は働かせられる。場合によっては、白い拳銃とは関係のない罪に問われる可能性もあった。

「友美はなにか知らねーの？　高校までずっとベッタリくっついてたじゃん」

姫南がプリンセスなら、友美はそれに付き従う侍女といった雰囲気があった。一番姫南と仲がよかったのは友美だ。

「高校卒業したら別々だったし……あたしも知らないよ」

友美は高校時代に家政部で、ファッションデザイナーを目指して専門学校に進んだ。無事に卒業した友美は服飾系の仕事についた。仕事が忙しく姫南とのつながりは細くなったのだろう。

テレビの司会者が突如押し黙り、イヤホンに手をやって数秒黙った。それからカメラを見た。

『被害者の熊谷次郎氏の奥様と、今電話がつながりました。お話を聞けるようです』

なに、と班長がいち早く言葉にした。

「これ生放送か」

「ああ、ＬＩＶＥの文字が出てるだろ」

俺も息を飲んで、事の趨勢《すうせい》を見守った。今この瞬間、視聴率は爆発的に高騰しているに違いない。

『聞こえますでしょうか』

司会者が語りかけると、画面が切り替わり、初老くらいの女性が胸から上だけでリモート出演した。顔を歪め、悲壮感に溢れている。

『はい、熊谷次郎の妻の礼子です』

泣きながら声を振り絞っており、班長が「マジか……」とつぶやいた。俺も言葉もない。姫南が殺した人物の伴侶が、こうして堂々と公に出てくるとは。

画面上はいくつかのウィンドウに区切られ、礼子夫人、司会者、コメンテーターが並ぶ。

『今回のリモートでのご出演、承諾していただいてありがとうございます。こちらから聞くのもなんですが、ご出演をお決めになった理由を伺ってもよろしいでしょうか』

『はい――主人は一発の銃弾法の犠牲者です。皆さん、もうわかっているでしょう？　こんな法律があるから、みんなに危険が及ぶんです。即刻、一発の銃弾法は撤回させるべきです！　こんな、国民を傷つける法律なんて、あっていいはずがありません！』

遺族の悲痛な叫びだった。半年前にまだ審議段階にあったときから散々に言われてきたことだが、実際の遺族からの言葉となると重みが違う。

司会者も厳かに頷いた。

『私も一発の銃弾法には反対の立場です。しかし肯定的な意見も耳にしております。そこのところどうでしょう、コメンテーターの宮島さん？』

『ここで俺に振るのかい』

宮島というタレントはバツが悪そうな顔をした。彼は以前から、一発の銃弾法を必要悪として容認する発言を繰り返していた。しかしまさか遺族と対話させられるとは。番組側も意地が悪い。炎上は必至だろうし、ここで宮島は切られるかもしれない。

『まあ、過激な法律であることは誰も否定しないでしょ。ただ、何事にも良い面と悪い面があるってことですよ。一発の銃弾があれば、きっとイジメはなくなります。報復が怖いですからね。理不尽に難癖つけられることだって減るでしょう。一発の銃弾は強力な抑止力として働くってのは、前から言われてた』

『なんてことを！』

礼子夫人の金切り声が、こちらにまで響いてきた。

『なにが、抑止力ですか！　あなた、ネットは見ていないんですか。ユーチューバーが拳銃をどう使うか、その恐ろしい可能性の示唆を、知らないんですか。彼らはね、満員電車で撃てばどうなるかとか、笑いながら語っているんですよ。銃で脅しながら女の子に関係を迫るとか、いくらでも悪用できるって言ってるんですよ。一発の銃弾は犯罪の抑止になるどころか、むしろ犯罪を助長するんです』

『そうは言いますが、実際にはそんな使われ方はされていないわけでしょ？　ユーチューバーだって、再生数稼ぎにそういう過激な発言をしてるだけです。炎上商法ってやつですよ』

『私の夫は、実際に殺されたんですよ！　あなた、私に向かって、よくもそんなことが言えますね！』

画面が切り替わり、スタジオは騒然となっていた。当然だろう。コメンテーターの宮島はあまりに配慮に欠けた発言をした。「最低だな、こいつ……」と普段はデリカシーのない班長でさえ引いている。放送が一旦途切れるかもしれない、CMが来るか、と予想したが、意外にもそのまま続いた。

宮島は唇をへの字に曲げてから、

『あえて、悪者の発言を続けますがね』

と不満を隠しもせずに言う。もう彼も破れかぶれなのかもしれない。あるいは悪名になってまで名を売りたいのか。

『ユーチューバーが満員電車で撃つ可能性を示唆しておりますが、じゃあ、つまりそれは、満員電車が危険だということを先んじて知らせたとも言えるわけです。一発の銃弾がなくても、たとえば発煙筒をすし詰め状態で使えば呼吸困難で大変なことになるでしょう』

近年問題になってきた、失うものがなにもない社会的弱者〝無敵の人〟が、他人を巻き添えにするために凶行に及ぶ……それはなにも一発の銃弾でなくても起こってきた。新幹線内での無差別殺傷、西都アニメーションの放火全焼。例を挙げればキリがない。しかし人々は、それをきっかけに安全意識を高めてきた。

『そもそも電車が急ブレーキをかけるだけでも、押しつぶされて死人が出てもおかしくない。にも関わらず放置しているのは異常だと思いませんか？　その状況に一石を投じるのが一発の銃弾であった、ユーチューバーの軽はずみな発言だった、と解釈することも不可能ではないでしょ』

『なんてことを！』

礼子夫人は即座に感情論で怒鳴り返したが、俺は宮島の意見も、言いたいことはわかった。痛みとは人体に必要な危険信号だ。

だが、それは、取り返しがつかなくなったあとで、少しでも自己肯定しようと慰めているだけかもしれない。

『あなた、人の命をなんだと思ってるんですか！』

礼子夫人の怒号が飛ぶ。

『犠牲なんてないほうがいいに決まってます！』

もっともだった。絶対的な正論だ。さすがの宮島も肩を落として大息する。

礼子夫人は本格的に泣き出し、溢れ出る涙を拭い拭い言った。

『私の夫が、なにをしたっていうんですか……』

スタジオは沈痛な空気に満たされる。画面のこちらまで同情の雰囲気になった。

『あの人はみんなから慕われてて……悪いことなんてなにもしてないのに、ある日いきなり殺されて……撃った犯人は無罪なんて……こんなこと、許されていいはずがありません……。犯人を、死刑に――』

次の瞬間、ＣＭに入った。

◇

姫南は法律を犯したわけではないから、犯罪者ではなく、死刑にもならない。礼子夫人の発言は名誉毀損に当たる可能性を秘めていた。テレビ局側も過激な発言に備え、即座にCMに切り替えられるようにしていたに違いない。

だが、礼子夫人の影響は甚大だった。白い拳銃での初めての犠牲者の遺族が、突如生放送にリモート出演をし、涙ながらに悲痛な訴えを起こした。録画映像が即刻ネット上にアップロードされ、瞬く間に拡散されていった。

犯人憎しの風潮がネットでも現実でも蔓延する。これまでの負傷者止まりの発砲事件とは訳が違う。取り返しのつかない死者が出たのだ。そしてその当事者が有名どころとあっては、大きな混乱をもたらすのは明白だった。

姫南の写真がどこからか流出し、希代の悪女のように情報操作される。中学・高校でマドンナ的存在だったのも、女王様的に調子に乗っていたような言われようだ。自称姫南のクラスメイトがネット掲示板に降臨して好き勝手なことを言ったり、一部のユーチューバーが姫南の父親を自称して謝罪したりする動画も流行った。

円城寺グループの株価は軒並み暴落し、誹謗中傷が飛び交う。

白い拳銃は人の本性をさらけ出す――。そんなことも言われ出した。

◇

姫南の事件から一週間、そして礼子夫人の衝撃の生放送から三日が経過していた。

パンッと手を叩いてから、

「こんなことが許されていいのかよっ」

肉体派の班長が自宅リビングのテーブルを殴った。お茶がグラスからこぼれて、ダメイケメンのアキラが慌てて布巾で拭う。班長は憚らずに怒声を飛ばす。

「どいつもこいつも、姫南を悪者にしやがって！」

俺とアキラは班長の自宅に集まっていた。仕事がある暝花や友美は来ていない。警察病院に入院中のミエハルを除く男子メンバー〝生き残り〟の幼なじみ三人だ。

対面に座る俺は、腕を組んで唸る。

「だが……撃ったのは姫南以外に考えられない。群衆はターゲットを決めて攻撃するのが好きなんだよな」

「攻撃っていうより、リンチだろ、これ」

そう言いながらも班長は、複雑な表情を浮かべている。いくら合法だったとはいえ、仲間が殺人者となってしまった。警官を目指す班長にとって苦渋に満ちた難題だ。

「姫南が上級国民なのも、結構大きな燃料っすよねえ」

ダメイケメンがしみじみと言う。上級国民のワガママ娘が、気に入らない教授を撃ち殺した……そういうストーリーが下級国民のあいだを伝搬している。姫南の実家を警察が警護しているのも上級国民だから特別扱いされていると吹聴《ふいちょう》されているが、国民を守るのは警察の義務だ。

マズい流れだった。いつ第二の事件が起こっても不思議ではない。義憤に駆られた新成人の〝正義マン〟が、ヒーロー気取りで、よかれと思って、白い拳銃で姫南やその関係者を狙う可能性だって考えられる。ドクタージローの信者だってこのまま黙ってはいないだろう。なにかしらの報復はあり得る。

「せめて姫南が口を開いてくれればな……」

この一週間、姫南は自首しておきながら肝心なことはなにも喋らないため、警察も状況を整理し切れていないようだ。円城寺が高い金を払って用意したベテラン弁護士にもなにも喋っていないらしい。

「なあ、なんで、そこまで頑なに黙秘を貫いてんだ。おかしくねえか」

「班長に同意っすわ。なにか誤解があるにせよ、弁護士にもなにも喋らないって変っすよ」

「それは俺も気になってる」

どんな経緯や事情があったにせよ、弁護士には話していいはずだ。そのために弁護士はいる。しかし姫南は鉄の意志で黙秘を貫いている。元から強情なところはあった。お嬢様だからもっと贅沢できただろうに、本当にほしいものは自分で稼いで買う、と言って憚らなかった姫南だ。黙秘にもなにか信念があるに違いない。

姫南が教えてくれない以上、俺たちはただ静観し、想像を働かせるしかなかった。

◇

姫南の動機——、日本全国が気になったそれが明らかになったのは、事件発生から十日後のことだった。しかしそれは姫南の口から語られたものではなく、そして状況は思わぬ方向へ急転した。

「はっはっはっ、って笑っておきながら、おーい、これ、ちょっと、シャレになんねえっす」

スマホを操っていたダメイケメンのアキラが、素っ頓狂な声を上げた。

「なんだ」

とプロレスラーのように大柄な班長が問いただすと、アキラがスマホを見せてきた。

「『ドクタージロー被害者の緊急記者会見』……今日の夜七時からライブ配信だって」

「はあ？　また、再生数狙いのユーチューバーか」

班長はうんざりした様子だ。またこの手のやつか、と俺も飽き飽きしていた。

「ドクタージロー被害者っていうと、なんだ、あの世のドクタージローの魂がユーチューバーに憑依して、事件の真相を語るみたいな？」

「そんな霊能者系じゃないっすよ。はっはっはっ。っていうか、ドクタージローが被害者って話じゃないっぽいっす」

「どういうことだ」

「逆っすよ——ドクタージローによって被害を受けた者たち」

俺と班長は目を合わせた。アキラはまたつまらない冗談を言い出したのだろうか。

「アキラ、ドクタージローがどんな被害を生み出すってんだ。経済学者だから、間違った情報を言って、株かなにかで損失が出た人でもいるのか」

「いやあ、そういうんじゃないっす。被害を訴えてるのは、みんな若い女の子みたいっすね」

アキラが悲しげに目を伏せた。今女子がいなくてよかったっすね、と小さく付け足した。

「話が見えねえ。要点を言えや」

班長が乱暴に言うと、アキラは眉をハの字にして答えた。

「ドクタージローに洗脳されてたって訴えてるんですよ」

一瞬止まったあと、俺と班長は同時に「はあっ？」と声を上げた。

「ドクタージローに洗脳された？　そう言ったのか？」

「らしいっす」

班長の戸惑いにアキラは答えて、スマホに指を滑らせながら、

「被害を訴えてるのは、みんな、ドクタージローの講義を受けてた女の子たちみたいっすね」

「洗脳……」

班長は困惑して意見を求めるように俺を見てきた。

「ヒロ、洗脳ってのは突拍子もねえって思わねえか。物知りのおまえから見て、どうよ」

「たしかに洗脳って聞くと新興宗教ってイメージがあって、ドクタージローみたいな経済学者とはかけ離れているような気がするが……」

よくわからない。ただ教育もある種の洗脳と言えなくない。ドクタージローはテレビの教育番組に

レギュラー出演している。大学でも講師をしている。自分の研究室でも学生を指導していたわけだが、どんな洗脳が行われ、そこからどんな被害が発生するのかは今ひとつ想像できなかった。せいぜい、ドクタージローの経済観に傾倒するとか、そのくらいしか思いつかない。

気になるのは、被害を訴えているのが若い女性たちだという点か。

「ともかくどんな訴えも、客観的な証拠がなければ意味がないわけだが」

俺が腕を組んで唸っている横で、班長は言う。

「もし証拠がないってなったら、ただじゃ済まねえだろ。あの礼子夫人って、夫のことをかなり信じてたからな。夫を悪の教祖扱いされたんじゃマジギレするだろ」

「おいらに言われても知らねえっすよ。とにかく、詳しいことは夜の七時からライブ配信するって告知が回ってきてるんすよ。まあ、見てみましょうや」

やがて仕事に出ていた身重のエリちゃんが帰ってきた。さらに瞑花と友美が合流した。ドクタージローの、若い女性に対する洗脳者疑惑を話すと、みな一様に仰け反っていた。

「テレビに出ている有名人でしょ、そんなことするの？」とヤンキーの瞑花。

「女には困らないでしょうに」とエリちゃん。

「まさか……姫南も？」

中学・高校とずっと姫南にくっついていた友美は、青ざめていた。俺たち男性陣も考慮していた可能性だ。しかし、そもそもこの疑惑自体がまだ眉唾物だ。現段階ではどうにも判断がつかない。

パンッと班長が手を叩いた。

「始まったみたいだぞ」

四十インチのテレビに映し出されたライブ配信に、一同の目が集中する。

簡素な貸しオフィスらしき部屋で、三十人くらいの女性たちがカメラに向かって立っていた。胸元に赤子を抱いた若い母親と思われる女性もいるし、幼稚園児くらいの子を手につないでいる女性もいる。うち中央の三人は顔出しの若い女性で、なかなかに美人揃いだったが、そのほかの大半の女性や子どもたちはマスクやサングラスなどで顔を隠している。

「えらいたくさんいるな」

班長は少し驚いたようだった。俺も想像の十倍といったところだ。集団訴訟、という単語が脳裏に閃いた。

中央のリーダーらしき女性が口を開き、まずライブ配信がうまく行っているのか確認がなされた。それから本題に入る。

『事前に告知していたように、私たちはドクタージローこと熊谷次郎によって洗脳された被害者です。ここにいる三十人のほかにも、何人もが同様の被害に遭っています。今日出演する勇気があったのが私たちだけだということです』

リーダーの女性は能面のような無表情で、淡々と続けた。

『熊谷の洗脳は非人道的なものでした。授業の度に私たちはまず経済学についてという映像を見せられました。気づかずにいつも見ていましたが、それがサブリミナル映像でした』

「サブリミナル……それってインチキじゃなかったか？」

班長の質問に、俺は「いや」と否定の言葉を返し、自分の顎を指で撫でた。

動画に一瞬だけ別の映像を混ぜて、無意識に訴えかけるサブリミナル効果。

洗脳の代名詞のようなサブリミナル効果は、日本を含めた世界中の放送業界で禁止されている。しかし、科学的根拠がないと長年されてきた。様々な状況で実験をしても、その効果は証明されなかったのだ。

風向きが変わったのが２００６年のことだった。オランダにあるユトレヒト大学の研究チームが、特定の条件下でならサブリミナル効果が見込めると実験によって導き出した。

その特定の条件とは――報酬が得られること。正解すればお金がもらえる、という条件の下で対照実験がなされ、答えのヒントとなるサブリミナルを混ぜたグループは、正解率が有意に高まったという。

〝明確に自分に利益があるとき、人は意識の限界を超えた認知力を発揮できる〟

ゆえにサブリミナル効果は、洗脳の直接的ツールというよりは、報酬をぶら下げた上での補助的ツールと言えるだろう。

フクツマ大学経済学部教授、熊谷次郎ほどの高名な学者なら、この研究を使いこなせたとしても不思議ではないが……。

その被害を告発する女性は、言葉を続けた。

『私たちは、ある思想を植え付けられていたんです。このままだと近い将来、日本の経済は崩壊し、おそろしい世の中になる、ある変革が必要だ、と』

なるほど、と俺は唸った。すぐ報酬で釣るようなサブリミナルではなく、まず恐怖を与えることで、報酬効果を最大に引き出したわけだ。心理的に考えられたやり方だった。21世紀の経済学は社会心理学と言われるが、さすが熊谷はその専門家だった。

俺の中で、経済学と心理学が結びつきを見せ、熊谷の洗脳家としての側面に説得力が感じられ始めていた。

しかし現代社会に必要なある変革とはなんだろうか。日本の大不況は今に始まったことではないし、この実験都市フクツマだって極論すれば、その大不況を抜け出すための実験場に過ぎない。どういった変革を起こせば突破できるというのだろう。

俺が前のめりになって注視する先で、女性が答えた。

『その変革とは——子どもを産むことでした。一人でも多く。日本の経済を救うためには、女性は最低でも子どもを三人以上産む必要がある。不妊と証明できない限り、それはもうすぐ義務化される。男性がそれに協力することは正義だと。女性も子どもを産むことが聖なる素晴らしいことだと刷り込まれました』

リーダーの女性はそこで、唇を噛んで押し黙った。

俺は唖然としていた。女性を『産む機械』と言わんばかりの差別的な教えを、あの子どもに大人気だったドクタージローが公然と講義していたのか。

悪質なのは、それを個人の主張に留めるのではなく、教え子を最新のサブリミナル効果を使ってまで洗脳したことだ。高校を卒業したばかりの子どもたちはひとたまりもなかっただろう。なにも知らないまま大きく思想を書き換えられてしまったのだ。

『熊谷は、実験都市フクツマの立ち上げから関わる経済の第一人者で、権力も財力も凄まじいものがありました』

つまり最初から、だ。画面上の女性の言葉が真実であるならば——大震災直後、十年前からドクタージローの暗躍は始まっていた。

実験都市フクツマ立ち上げの話が出たとき、多くの人々が思ったように、熊谷も一世一代の大チャンスと思ったに違いない。設立メンバーに自分をねじ込み、『産めよ増やせよ』の思想を実現できるように、自分に都合のいいようにあらゆる事柄に働きかけた。法制度も、大学の講義も、自分の研究室も——。人口増加に向かっていくように仕立て上げた。

『そのうち、サークル内や外部でも乱交が増え、妊娠する女子が増えました。熊谷は融通の利く病院があるから安心しなさい、と、内々に事件を収める口が堅い病院を紹介してきました。堂々と産んでいいと。罪の意識がまったくなかったんです』

そのときのことを思い出したのか、ライブ配信の女の子たちはすすり泣き始める。

『やがて重婚が認められる社会になる、と熊谷は熱弁していました。人口が多ければ多いほど国力になる。だからより多く、より多様性を広げるために、多夫多妻の重婚制度は認められるのだと。一部の金持ちが複数の伴侶を得て富を再分配する意味でも、将来的に重婚への制度の移行は不可欠になると』

狂っているし、気分が悪くなる。経済と倫理がごちゃ混ぜだ。

これほどヒドい話はほかにないと思い始めていたが、さらに続いた。

『ただ子どもを作るだけでなく、よりよい種を残さなければならない――。その点、わたしは最高の種を持っている。頭がいいだけでなく、権力も財力も、地位も名誉もある――。そう言って熊谷は女の子たちをホテルに連れ込みました。ここにいる子どもたちは、みんな、熊谷の子どもです』

赤子から小学校低学年くらいまで、十人はそこに写っていた。

『ここにいるほかにも、出演の勇気が出なかった人たちが大勢います。熊谷は同じ女性に、第二子、第三子と何人も産むよう関係を迫っていました』

ヒドい、サイテー、とこちらの女性陣も憤りと同情をあらわにした。俺も賛同する。熊谷は最低の詐欺師だ。

この分だと、フクツマの手厚い出産手当や育児手当は、本当に純粋な制度なのか疑問になってくる。中絶禁止もだ。強く押し進めたのがほかならぬ熊谷で、単に熊谷が、自分の子どもをたくさん残したかっただけではないのか。もしそうだとすれば、吐き気を催す外道だ。

『円城寺姫南さんが、私たちの目を覚ましてくれました。熊谷のマインドコントロールを解くために尽力してくれて。そして結束を促してくれたんです』

姫南らしいと言えばそうだった。困っている人を放っておけない。しかもただ助けるだけでなく、それぞれが自分の力で立って歩けるように後押しする。

円城寺グループというフクツマ立ち上げに関わった財閥の娘である姫南。彼女だからこそ熊谷の悪行に気づき、洗脳されることなく反撃に出ることができたのだ。

自首しながらも黙秘を続けていたのは、殺人という凶行をすべて一人で背負い込むために違いない。

姫南はそういう子だ。

『姫南さんは悪くありません。彼女は私たちにとっての救世主です』

中央の女性は顎を引いて、語気を強めて続けた。

『一発の銃弾法は必要です――二度とこんなことが起こらないように』

その後は質疑応答へ移った。

コメント欄ではすっかり手のひらを返して、ドクタージロー憎しの意見が飛び交ったが、冷静に、これがすべて狂言ではないかと疑っている人たちもまだいた。

そしてこの被害者たちと姫南による熊谷殺害を関連づけた人物がいて、殺害の詳しい状況を説明できるかという質問がなされた。

中央の女性はよどみなく答え、その利発さを披露した。

『あれは姫南さん単独ではなく、私たちが一緒になって熊谷を待ち伏せし、逃げられないように手足を押さえつけてから、姫南さんが白い拳銃で接射したんです。熊谷の胸に押しつけて、心臓を狙って。熊谷という巨悪を排除するには、一発の銃弾に頼るしかなかったんです……普通に訴えても、握りつぶされるに決まっているから。……その後、姫南さんが黙って一人で自首したのは私たちにとって予想外で――』

生々しい殺害状況や、その後の顛末を淡々と聞かされる。洗脳されて『産む機械』にされてしまった女性たちの悲憤が節々から感じられた。明日には希代の女性蔑視事件としてニュースが世界中を駆け巡るだろう。

ただし女性たちの訴えは真に迫っていたが、物的証拠がないなら完全には信用できない。

彼女らもそう指摘されるのを見越していたのか、DNAデータが記載されている資料を見せてきた。彼女らが産んだ子どものDNA情報だ。熊谷本人のDNA情報と比べれば親子鑑定が可能だという。彼女らはこれを元に礼子夫人への協力を申し出た。

そして、件《くだん》のサブリミナル映像のビデオデータを含めた、洗脳に関わる物的証拠をすべて、大学側に公表するよう求めた。すでにいくつかはコピーがあるので、逃げたり証拠隠滅は許されない。

世論の追及を受けて大学側も調査に動かなければならないし、夫の無罪を信じていた礼子夫人は沈黙するか発狂するしか道は残されていない。

主犯とされる熊谷がすでに死んでいる以上、警察がどう動くかは未知数だが、熊谷に協力して洗脳を行っていた人物も示唆されている。熊谷が言うところの『子孫を増やすべき優秀な種』を持つ男たちで、政治家、エリートビジネスマン、投資家、学者、作家、アーティスト、プロスポーツマン、と多岐にわたるようだ。芋づる式に共犯者が出てくるかもしれない。

『熊谷は最後まで、自分は間違っていないと言い張っていました』

人口を増やすべき、その理屈はわかる。少子化は国家の危機につながる大問題だ。経済的に裕福な国は人口が多く多様性に富んでいる。アメリカがそうであるように、中国がそうであるように、そして高度経済成長期の日本がそうだったように。

しかし熊谷はやり方を間違った。教授という立場を利用し、高校出たての女学生を卑劣な方法で洗脳するなど言語道断。しかもその被害者が数十人に及ぶとなれば、充分に誅殺に値するという声が噴出する。

形勢は一晩で逆転した。

子どもに人気だったヒーローは、今やおぞましい洗脳犯に。

洗脳されていたか弱き女性を救った上級国民のお嬢様は、今や女性を守る新時代のヒロインとなった。


「――全部、姫南の計算どおりだったってわけね」

解放された姫南に銃口を向ける友美の姿を見るまでは、俺もそう信じていた。

6人目

復讐

篠原友美

「ねえ、どうして授業中、少しだけお尻を上げているの？」

小柄でスタイルのよい姫南から初めて話しかけられた日。忘れもしない、中一の秋口、すべての授業が終わって掃除の時間。廊下の掃き掃除を一人でやっていたら、姫南が声をかけてきた。なに、いきなり。

返答の意思より、疑惑のほうが勝った。円城寺姫南。ただのクラスメイトじゃなかった。半年前、新入生代表挨拶をしたのは姫南だった。なんでも代々お金持ちの家に生まれたらしく、入学時には学校に一千万の寄付がなされたと噂されていた。それも頷ける話だった。身に纏っている雰囲気は綿菓子みたいに甘くふわふわしていて、立ち振る舞いはそれでいて洗練されていて、背筋もビシッと伸びていて、あたしたちみたいな貧乏人とは明らかに違うのがひと目でわかった。

「おかしいなって、思って」

姫南は可愛らしく小首を傾《かし》げて、美少女探偵っていうアニメがあればそのモデルになりそうな。

「ほら、私、あなたの後ろのほうの席でしょ。斜め後ろ。それでわかったんだけど、最初は少し、前屈みなところが気になって。で、よく見たら、お尻が少し椅子から浮いてるように見えたのよね。スカートだからわかりにくいけど、変じゃない？」

あたしが黙っていると、姫南は無邪気に下から見上げてきた。

「授業中、お尻、上げてるよね？　おかしくない？」

姫南の大きな目から視線を外して、あたしは、

「おかしくないよ」

そう言った。

「訓練なの」

「訓練？」

「そう、空気椅子。下半身を鍛えてるの。部活で先輩から言われてるんだよね」

へえ、そうなんだ、と姫南は物珍しそうな丸っこい目で、じっとあたしに視線を注いでいた。

そして翌日のことだった。

「篠原さん」

今度は昼休みに、廊下で、姫南があたしを呼び止めた。

「篠原さん、今日は、訓練してないんだね」

「休みだから」

「ふうん……」

姫南が横に並んで、一緒に歩いていく。ずっと、あたしのことを、その丸っこい目で見上げながら。

「部活、なにしてるんだっけ」

「美術部」

誰がどの部活に所属しているかは、教室後方に貼られている、自己紹介カードに書いてある。それを事前に見たらしい姫南は、ゼロタイムで質問してきた。

「どうして美術部が、空気椅子の訓練で、下半身を鍛えてるの」

「訓練っていうのは嘘だから」

「嘘」

どうして嘘を、本当の理由はなに、と姫南のウィスパーボイスが問いかけてきた。

「あたしに構わないで」

そう言ってあたしは姫南を突き放し、トイレに入る。

「あ、友ちゃんじゃん」

間が悪かった。クラスの気の強い女子グループが、そこに屯《たむろ》していた。

リーダー格の派手な女子が、馴れ馴れしく声をかけてきた。

「どうして今日、空気椅子してなかったんだよ？」

「なんで、毎日、しなきゃいけないの」

「はあ？　やれよ。面白くねえだろ」

「あなたが空気椅子、やれば？」

リーダー格の女子の顔色が変わった。

「おまえ、調子乗ってねえか。昨日、あたしの命令でやったよね？　なら今日もやれよ」

「なんで」

「いいから、やれよ」

「昨日、あなたのお願いを聞いてあげたんだから、今日は、あたしのお願いを聞いてくれない？」

「はあ？」

「焼きそばパン買ってきて」

リーダー格の女子だけでなく、取り巻きの女子たちもいきり立った。さすがに、ちょっと言い過ぎた。焼きそばパンはないいな、マンガのセリフをそのまま言っただけだ。

あたしを取り囲み、威圧してくる。黎明期のフクツマは玉石混交で、こういうメスザルもいれば、姫南みたいなお嬢様もいる。

「このメガネ、どうしてやろうか」

「頭に血が上ってるみたいだから、冷やしてやれば」

「それ、いいね」

いきなり、突き飛ばされる。体勢を整えているあいだに、別の女子が掃除用のホースを取り出して、蛇口を捻った。やめてー！！！　あたしの声は、彼女たちを楽しませるだけだった。頭から水をかけられる。掃除、掃除、と彼女たちは笑っていた。

やがて満足した彼女たちはゾロゾロとトイレから出ていく。あたしはメガネを外し、涙なのかトイレの水なのかわからないものを拭った。

「篠原さん？　どうしたの？」

姫南の声だった。姫南にはこんな姿を見られたくなくて、小さく縮こまる。

「さっきの人たち？　ヒドい……」

　姫南は優しく声をかけてくれて、教室から体操服を持ってきてくれた。先生に言ったほうがいい、と姫南は言うけれど、もっとヒドくなるからやめて、とあたしは答えた。

　けれど密告しなくても、イジメはエスカレートした。ブス、死ね、気持ち悪い、男に色目つかってる。それはあなたたちじゃないの。はあ？　反抗すると蹴り飛ばされた。掃除道具で突かれた。教科書に落書きされた。メガネを踏みつぶされた。

　敗北感と悔しさに心が引き裂かれる毎日。学校に行くのがツラくて、保健室登校も嫌になる。家に引きこもっていたくなる。


　イジメられるたびに姫南は慰めてくれて。

　……いい加減におかしいとあたしも気づいた。最初は違和感だったものが徐々に明確な形を取っていった。姫南の慰めは善意か。本当にそうだろうか。タイミングがよすぎないか。なぜ同情するだけなのか。なぜ助けるための具体的なアクションをしてくれないのか。なぜ——未だに興味深そうにあたしを、じぃ、と見てくるのか。

　その理由を考えると恐ろしくなる。

　あたしがイジメられ始めたのと、姫南に観察され始めたのは一致していた。

　果たしてそれは偶然の一致だろうか。ただ単に姫南があたしのイジメに目ざとく気づいただけだろうか。それとも……。

◇

あたしはある日、早めに登校すると、あたしをイジメていたグループの机を次々とベランダから放り投げた。三階だった。教科書が空中にばらけ、校庭に落ちた机は脚が曲がって転がっていった。そしてあたしは彼女たちの席があった床に「次はおまえだ」とマジックペンで書き、騒動に気づいた早番の先生が駆けつけてくる前に逃げ出した。

校内には何カ所か監視カメラが設置されているから、本気で犯人捜しをやれば特定できたと思う。イジメの事実を知っているクラスメイトたちは、みんなあたしを不審な目で見ていた。でも学校側は全校集会するだけに留めた。被害を受けた女子たちが普段から素行不良だったため、生徒同士のいざこざが原因なのは明らかだし、彼女たちにしても、被害を訴えれば藪蛇になる。イジメがバレたら停学は必至だ。最悪フクツマから転校させられる可能性だってある。

それでもお礼参りくらいはしてくるかと思った。彼女たちもメンツが立たない。

しかし後日、彼女たちは意外なことを言い出した。じつはあれは自分たちでやったドッキリだった、というのだ。ゲラゲラ笑ってそう言い切り、ほかのクラスメイトたちはどこまで本当なのか判断がつきかねた。

ともあれ、それ以来、彼女たちがあたしをイジメることはなくなった。あたしは目も合わせようとせず、存在しないように振る舞う。

「よかったね、篠原さん」

姫南が花のような笑みを浮かべた。友美でいいよ、と下の名前で呼ぶことを許可した。

それからあたしと姫南はよく一緒に行動するようになった。といっても天真爛漫な姫南に、陰キャなあたしは半歩後ろからついていく格好だった。誰からも人気がある姫南は、あちこちでいろんな生徒に話しかけられ、先生からも頼りにされていて、姫南がみんなと話しているときは、あたしは会話から外れていた。姫南から感じられる違和感の正体を観察して、その笑顔の裏になにが潜んでいるのか確かめようとした。

ある日、あたしをイジメた女子と、トイレで鉢合わせした。あたしが入るときに向こうが出ていこうとしたのだ。ほかに誰もいなかった。彼女はハッとしてから、バツが悪そうにあたしを避けるけれど、あたしは呼び止めた。

「誰にビビってるの」

「……うるさい」

「あたし？　姫南？」

「うるさい！」

彼女は急いでトイレから出ようとする。でもドアノブは回らない。あたしが入るときに鍵をかけたからだ。

「誰、の、命、令、で、あ、た、し、を、イ、ジ、メ、て、た、の、？」

「っ……！」

彼女は慌ててドアノブの鍵を外し、逃げるように去っていった。

あたしはその背中を見送って、やっぱりね、と独りごとを言った。

イジメは姫南が裏で糸を引いていたんだ。たぶん暇つぶしかなにかで、イジメられているあたしを近くで観察して、楽しんでいた。

イジメグループの机を投げ捨てたときに、姫南は満足したんだと思う。というより、あたしを気に入ったんだ。こんなことする子がいるんだって、驚いて。それでイジメをやめさせて、あたしを近くに置くことにした。面白いから。

あたしは姫南のお眼鏡に適って、一緒にいられることを許された侍女。姫南を楽しませるためにいる。そばにいると、あたしは地味だから、華のある姫南を引き立てる。

姫南が光なら、あたしは影で。

姫南が花なら、あたしは栄養を取られる地面だ。

中学三年間、ずっと同じクラスでいられたのは、きっと姫南がそう希望したから。円城寺の一千万の寄付金で、先生たちも姫南を無視できない。

なんでも思いどおりにする女。あたしたち庶民とは格が違う。上級国民――。

◇

だけど空気を読まないやつもいて。

「友美は彼氏いないのか」

高二のときだった。

「は？」

ヒロクンは頬を赤くして、そっぽを向いて、照れ隠しなのか頬を掻いた。

二度は聞いてこなかった。

あたしも答えなかった。彼は理屈っぽいやつで、学校の成績はトップクラスだけど、ロボットと呼ばれたりもする朴念仁《ぼくねんじん》だった。恋愛対象として見たことはない。姫南がどうしてこんな男を中学時代からずっと気に入っているのかわからない。

「どこがいいの？」

そう聞くと、姫南は照れくさそうに笑っていた。こればかりは演技だとは思えなかった。ヒロクンに本気なのだ。

そのヒロクンが、寄りにもよってあたしに気があるような素振りを見せた。やば。そう思ったときには遅かった。姫南が見ていた。

そしてあたしは高校内の選考に洩れて大学への推薦を取れなかった。円城寺の学校への寄付金は二千万に増えていた。

◇

秋。インスタ映えする造船所跡地に来ていた。着水式に使われる、海の中へ消えていく線路は、数年前からずっと人気の撮影スポットだ。姫南はサンダルを脱いで、裸足で海の線路上を歩いていく。体育の平均台の上を歩いていくように、両手を広げて、バランスを取りながら。あたしはそれをスマホで撮影していた。

「ねえ、友美、もし一発の銃弾法が可決したらなにを撃つ？」

姫南から聞かれて、さあ、とあたしはとぼけた。おまえを撃つ、とは口にしない。あたしは警告せずに姫南を撃つ。それだけ恨まれることを姫南はあたしにしてきた。

姫南がイジメの黒幕だったことを、あたしは一生許さない。どれだけ屈辱と羞恥に泣かされたことか。

——だけど正味な話、あまり意味がないとも思っていた。姫南を殺して、なんになるだろう。たとえ殺せたとしても、その遺族から報復されるだろうし、復讐は復讐を呼び、泥沼化していく。不毛でバカらしい話。

姫南もそんなドライなあたしの性格を知っているからか、神経を逆撫でするようなことを言ってくる。

「一発の銃弾があれば、イジメってなくなるかな」

姫南のこういうところがイラッと来る。どの口で言うのか。

「どうして」

「だって、もし撃たれるかもしれないって思ったら、誰もイジメたりできなくなるよ」

それでもイジメるくせに。あるいは姫南自身が、あたしからの報復の可能性に気づいているくせに。

挑発もしくは挑戦とも取れるセリフを言って、姫南は微笑む。誰もが騙される花の笑顔。あたしだけは騙されてやらない。

「イジメはなくならないよ」

「どうして断言できるの」

「アメリカ」

「あー……」

トリビアが豊富なヒロクンが言っていた。アメリカでは一日に一件の割合で、銃乱射事件が起きている。毎日だ。毎日どこかで誰かが撃たれている。報復が動機であることも少なくない。にもかかわらず、イジメは依然としてなくならない。

銃弾でイジメがなくなるというのなら、いったい何発の銃弾があればいいのだろう。

「姫南こそ、一発の銃弾、どう使うの」

「護身用かなぁ」

教えるつもりはないようだった。でもあたしに向けられることはないという確信はあった。銃撃よりも、姫南ならもっと残酷な行いができる。

一発の銃弾なんて、よくよく考えてみれば半端な代物だ。銃禁止の日本では貴重だけど、なにかをなすには物足りない。ヒロクンも困惑していた。政府の狙いがわからなくて。銃をもって社会を変えるというなら、いっそ銃を解禁して銃社会にしてしまえばいいのに。

あたしもそう考えていた。実物を見るまでは。

「ヒッ」

あたしは思わず取り落とした。成人式の直後、第三班のみんなで一斉に白い箱の蓋を開けたときだ。白い箱がアスファルトの地面に落ちる。衝撃で、拳銃が少しだけ箱からはみ出た。その人殺しの道具は白蛇のような異様な存在感があった。一度手にとってしまえば絡みつかれ、二度と手放せなくなるような。悪魔の甘い果実であり、毒でもあるような。

いらない、こんなものいらない――。不吉な予感が脳裏に渦巻いていた。人が手にしていい代物じゃないと思った。同じ凶器でも、料理でも使われるような刃物とは違う。銃とは他者の命を奪うために特化した、まごう事なき殺戮兵器だ。こんなものが世の中に存在していいはずがない。

けれど。

あたしは結局、それを持ち帰ることにした。

◇

いつか撃たなきゃいけないときが来る――。その予感はどうやら的中したみたいで。

最初は、姫南の行動の意図がまるでわからなかった。

ドクタージロー。かつて子どもに大人気だった経済学者。

姫南が通う大学の先生みたいだったけど、どうして、姫南がそれを撃ち殺す。そう、撃ち殺す、ということが疑問だった。姫南が自らの手で、だ。あり得る？　あの姫南だよ。同じ殺すでも別の手段でよかったはずで。姫南が、円城寺が本気になれば、もっと別の形で殺害することは可能だったはずで。

「なにかの間違いじゃないのか」

みんな、そう言う。あたしも、そう思う。けれどあたしの場合は、みんなとはちょっと違う。姫南のことを一番よく知っているのはあたし。というより、その本性に気づいてるのはあたしだけで。だから、あたしの困惑は人一倍だった。まったく姫南らしくない行動だった。でもあらゆる証拠が、姫南が犯人であると示していて……。

肝心の姫南は黙秘を貫いていて、動機は不明。

ワイドショーやネット上では、不倫からの痴情のもつれというのが有力だった。一番わかりやすいストーリーだから。でも第三班のみんなは、姫南が不倫なんかするか、と言う。あたしも違う意味で同意見。あのプライドが高い姫南が、旬の過ぎた初老の経済学者と不倫なんてするわけがない。

しかし、ではほかにどんな動機が考えられる。

そこで事態は急転直下した。ドクタージローの被害者だという女性たちがライブ配信し、自分たちは彼に洗脳されたと証言した。この瞬間まではあたしも、ひょっとして姫南も被害に遭い、怒りにまかせて教授を撃ち殺したのかと思った。しかし微妙に話が変わっていった。泣き寝入りしかけた彼女たちを励まし、なんとかするからと言ったのは、誰あろう姫南だというのだった。

一見、美談のようだった。被害者グループの中で、姫南だけがすべてを背負い込んで手を汚した。二度と悲劇が繰り返されないように。そしてそんな姫南を救うため、被害者の女性たちが団結し、姫南を救出する……。世間は善悪がひっくり返って、大いに盛り上がった。姫南は一夜にして悪女から聖女へと転生した。大暴落していた円城寺グループの株はむしろ以前よりも高まった。ここ数カ月話題の中心だった白い拳銃、その最初の犠牲者にまつわる話としては、なかなかにエンタメチックなストーリー。

これを真実だと鵜呑みにできるわけがなかった。

誰もおかしいと思わないのだろうか。

すべて彼女の手のひらの上だ。

その恐ろしい目論みに気づいたあたしは、事件が少し落ち着いたのを待って姫南を第三班思い出の浜辺に呼び出し、白い拳銃を突きつけた。

「——全部、姫南の計算どおりだったってわけね」

「銃を下ろせ、友美」

岩陰からヒロクンが出てきた。あたしに銃口を向けてくる。

「いたの、ヒロクン」

「姫南に呼ばれて」

「そういうこと……」

予防線を張られたわけだ。さすが姫南、抜け目がない。あたしの銃口の先にいる彼女は、微笑んですら見えた。生ぬるい潮風が首筋を舐める。

「どういうことだ、友美。なぜ姫南に銃を向ける」

「わからない？　姫南は生きてちゃいけないの。あたしには彼女を撃つ権利がある」

「人を殺していい権利なんて誰にもないさ」

「法律が認めてる」

「俺は認めないっ！」

ヒロクンが威勢よく、最大限警戒しながら、一歩寄ってきた。

「銃を下ろせ、友美」

「……ヒロクン、どこまで矛盾すれば気が済むの。人を撃つのを認めないって言いながら、ヒロクンはあたしに銃を向けてるじゃない。バカじゃないの？」

「バカで結構。俺は一度も自分が頭がいいと思ったことはない」

「ミエハルが怒るよ」

「怒らせとけ」

さらに一歩、砂浜に足跡を刻むヒロクン。

「とにかく、理由を説明しろ。まるで状況がわからん」

あたしは少し黙ってから、一旦銃を引いた。ただし視線は姫南から逸らさない。彼女の丸っこい目を見返す。あのときあたしを観察していたのと同じ目。裏であたしをイジメさせ、あたしの反応を間近で見て楽しんでいた目。

「ヒロクンなら、多くを説明する必要はないよね。この可能性を考えてみて。もしも姫南が腹黒いお姫様で、自分が楽しむために他人を陥れるサイコパスで、これまでずっとそれを隠し通してきたとしたら」

「……そんなこと」

ヒロクンは姫南とあたしを交互に見る。姫南はずっと無言だった。なにか一つ返答を間違えばあたしに撃たれるのを理解している。だからヘタに口を開かないんだ。

「あたしは中一のとき、イジメに遭っていた時期があった。そのイジメを裏で操っていたのが姫南だって言ったら、ヒロクンは信じる？」

「……信じられん」

でしょうね。姫南には深く関わってみないとその腹黒さはわからない。もし高校のとき、ヒロクンが姫南と付き合っていたら、ヒロクンも気づいたかもしれない。だけどその機会はあたしが知らずに奪ってしまった。まさか姫南よりあたしを選ぶ男がいるだなんて思わなかった。

「ちなみに聞きたかったんだけど、あたしなんかのどこがいいの？　あたしみたいな暗い女、モテたことないいんだけど」

「そういう質問に、バカ正直に答える男は本当のバカかよっぽど軽薄かだ」

ふうん。でも好きじゃないって否定はしないんだね。

「ヒロクン、あんまり女性経験ないよね」

「うるせ」

「そういう男って、なんか女を神聖視するよね。女はみんなピュアなよい子だって思ってる。でもね、とんでもない悪女だっているんだよ」

「おまえみたいな？」

「姫南みたいな」

あたしはもう一度銃を向けた。ヒロクンも即座に構え直す。

「やめろ、下ろせ」

「姫南はヒロインなんかじゃない。悪党だよ」

「なにを根拠に言ってる」

「姫南が自首しながらも黙秘を貫いた理由ってなに？」

ヒロクンは数瞬押し黙る。不思議だったはずだ。自首しながらも黙秘。矛盾している。どんな理由があればそんなことをするのだろうか。

ヒロクンがその頭脳で弾き出した結論はこうで、

「自首したのは、白い拳銃とはいえ殺人を犯したからだ。しかし洗脳で子どもを産まされた女性たちを白日の下には晒したくない。そこで姫南は自首しながらも黙秘するしかなかった……」

「じゃあ、マスコミには秘密って条件つけて警察にだけ喋ればいいでしょ」

「！　……」

ヒロクンは一瞬瞠目してから、また押し黙るけど、あたしはさらに補足する。

「だいたい、ドクタージロー……熊谷の洗脳に関する情報が外部に漏れるのは時間の問題だったはず。握りつぶそうとしても、いつかは公になってしまうものでしょ。被害者たちは監禁されていたわけでもないんだし、外部との接触はあったんだよ」

いつかはマスコミが嗅ぎつけることだ。

「そして熊谷を白い拳銃初の犠牲者にしたなら、マスコミの熱も加速する。あの被害者たちのライブ告発がなくても、数日中に真実は暴かれたはずじゃない？」

「そうかもしれんが……」

「でも――、マスコミからだと面白くない。週刊誌で洗脳特集なんて急に胡散くさくなる。被害者の若い女性たちが、地力でライブ配信したほうがインパクトがある」

「……なにが言いたい」

「すべて姫南の手のひらの上だったたってこと」

「なんのために？　姫南がそんな、劇場型犯罪をして楽しんでいたと？」

「楽しんでいたかもね」

「友美……」

そんなこと言うなよ、おまえは姫南の友だちだろ……ヒロクンの泣きそうな目は、そう訴えているようだった。けれど姫南を睨むあたしの目は、ずっと冷めている。

「楽しんでいたかどうかはともかく、今回の件は円城寺グループとしても大きな利益があったとは思う」

「円城寺グループとしての利益……？　一度株価は大暴落したが」

「そのあと劇的に回復したよね。ううん、それまで以上に高騰した。社会的なイメージもよくなった。姫南のおかげで」

まさか、とヒロクンは否定したいようだ。だけど事実だけ見てみると、たしかに円城寺グループは事件のあとで利益を上げている。

「姫南は経済学部の人間だよね。円城寺っていう日本屈指の商売人の娘だし、マーケティングを齧ってる。あたしも聞いたことがあるんだ。あえて商品の情報を絞ることで、人々の想像をかき立てる手法」

「プロダクトローンチか」

「そういう名前がついてるんだ」

「現代マーケティングの基本だよ。いきなり売り出すより、段階を重ねて期待値を高めていったほうが購買意欲をかき立てられる」

「じゃあそうして売り出す商品を、事件の真相に置き換えてみて」

あたしが睨みつけても、姫南は動じない。ずっと黙ってこちらを見返してくる。

「まず、ある日いきなり著名人が撃たれたとニュースが流れる。被害者は子どもに大人気だった経済学者。この時点でインパクトは大。人々は犯人は誰かって気になるよね。そして逮捕されたのは、教え子の女子で、財閥の一人娘だと判明する」

「第二の衝撃。からの沈黙か」

「そう、人々は二つの衝撃的な情報を提示されながら、答えまでは明示されない状態に陥った。テレビもネットも、その考察で盛り上がった。普段はニュースを見ないような層にまで波及し、日本全体、そして海外までも事の真相に注目し始めた。ここで一旦、円城寺グループの株は暴落する」

その次の段階に思い至ったのか、ヒロクンは目を見開いた。

「第三の衝撃で、善悪が逆転。円城寺の株は逆に爆発的に上昇したってわけか」

インサイダー取引にも絡む、劇場型の狂言。

「これがどれだけの利益を生むか、ヒロクンならわかるよね」

「……逆にわからないな。想像もつかなことだとしか」

そうかもしれない。洗脳犯の排除だけでは飽き足らず、株に絡む莫大な利益、聖女としての名声、果ては一発の銃弾法肯定派の支持を得て、否定派を萎縮させることに成功。その利権は、円城寺と政界とのつながりにも大きな影響を及ぼしたはず。

「姫南の一発の銃弾は、ただ人を殺しただけに留まらなかった。日本全体を巻き込む、巨大な利権争いの物語だよ」

それで、どう？　あたしはヒロクンに問いただした。

「たった一発の銃弾で、ここまでのことをやってのけるお姫様を、野放しにしておいていいわけ？」

「友美……」

「姫南はただ人を殺しただけじゃない。最も利益が出るように殺した。そんなサイコパスが次はどうすると思う？　これだけで終わると思う？　そんなわけないよね。一発の銃弾が終わっても、また新しいなにかを使う。この実験都市を最大限に活用する。次はどれだけの人が巻き込まれるかな」

ヒロクンは沈黙した。なにより事実を優先する理性派の彼だ。現状、あたしが言ったことを否定する材料は乏しい。

「だから私を撃とうっていうの？」

ずっと黙っていた姫南が、ついに口を開いた。暗闇に亀裂が走ったような、ひび割れた笑みで。

「あなたこそ正直に言ったらどうなの、友美。ただ私を殺したいだけでしょ。中学からの積もりに積もった恨みを晴らしたいだけでしょ」

「姫南っ……」

銃把《じゅうは》を握り締める手に力が入る。今ようやく、本音の姫南に向き合えた気がした。けれどこれほど、おぞましい、悪魔だったとは。

銃口を向けられているのに、踊るような足取りで近づいてくる。

「可愛そうな友美。イジメられて、その黒幕の引き立て役をやらされて……何年も、何年も。ずっと私の影を踏んで生きてきた。私が邪魔で仕方なかったよね。私に復讐したくて仕方なかったよね。だけど勇気が出なくて、いっぱい言い訳を用意しなきゃいけなかった……臆病な友美」

憐れむ目が。

その醜悪な丸っこい目を。

ずっとつぶしたいと思っていた。

姫南は自分から近づいてきて、銃口に自分の額を持ってきた。

「ほら、引き金を引いたら？」

「……撃てないって思う？」

「思うよ」

姫南は断言した。

「私がイジメの黒幕だって気づいても、私から離れなかったみたいに。あなたには私が必要」

「必要ない！」

「じゃあ、どうして、ずっと私の後ろについてきてたの。イジメられたのに。ずっとイジメ続けてるのに。今回の件だって、真相に気づいても、知らんぷりしておけばよかったでしょ。それが、わざわざ呼び出して、二人きりになろうとして。ねえ友美、あなた、私と一緒にいたかったんでしょう？」

「違う！」

銃口を押しつける。

「下がって。撃つよ！」

「撃てば？　どうせできないくせに。強がるしか能がない弱者なんだよ。陰でぐちぐち言うしかない負け犬。そのくせ虎の威は借りたい敗北者。私と友だちのふりしてたみたいだけど、私はあなたのこと、一度だって友だちだなんて思ったことないから」

うわあああああっ！

自分のすべてを否定された気がした。気づいたら全身が痙攣したみたいに、ギョッとして引き金を引いていた。目の前が真っ暗だった。それが自分が目を閉じていたからだと、遅れて気づいた。

姫南は無傷でそこにいた。

ヒロクンが銃身を掴み、あらぬ方向へ向けていた。銃口からは白い煙が立ち上っていて、潮風にかき消されていく。

「どうして邪魔したのよ！」

それはあたしの声じゃなかった。姫南が、泣きながらヒロクンに訴えた。あたしはなにがなんだかわからなくて、その場にぺたんって尻餅をついた。

姫南も、あたしの目の前で、顔を覆って頽《くずお》れた。

「ここしかなかったのに……！　この瞬間しかなかったのに……！」

どうして、姫南が、泣いてるの。

どうして、姫南は、悔しがってるの。

「思い出したんだ」

ヒロクンは、取り上げたあたしの拳銃を投げ捨てた。岩肌に当たって砕け、粒状に粉々に散っていった。

「友美に謝りたいって、言ってたろ」

なにを、言ってるの。

「詳しいことは教えてくれなかったけど、昔、友美にヒドいことをして、その謝罪ができてないって言ってたよな。ずっと謝りたかったけど、普通に謝っても、友美の性格なら許してくれないって。ずっと根に持ってるって。だから、一番すっきりできる謝り方を探してるんだって」

なにを。

ねえ、なにを、言ってるの。

「これがおまえの答えか？　可笑しいんじゃねえのか！」

ヒロクンが、本気で怒鳴った。こんな感情を剥き出しにした彼は、見たことがなかった。

「ふざけんな！　命を引き替えにした謝罪なんてあるか！　それで友美が本当に許すと思ってんのか！　逆に一生許さねえだろうが！」

姫南は嗚咽を上げて、

「じゃあ、どうすればよかったのよぉ。みんなが幸せになるには、私があの人を撃って、友美が私を撃つしかないじゃない。人殺しの私を、誰かに始末してほしい。その資格は、友美しか持ってないのよ。私を撃てる正当な理由があるのは、友美だけなんだから」

「人を撃つのに、正当な理由なんてねえよ！」

ヒロクンは両手を広げて、あたしと姫南を一緒に抱きしめるようにした。それはあたしと姫南を、向かい合わせるためだとわかった。

姫南はその可愛い顔をぐしゃぐしゃにして泣いていた。

「ごめんね、友美、ごめんねぇ……」

あたしまで泣けてきた。

なによ、これ。なんなのよ。

×　×　×

熊谷は顔を赤くして喚き散らす。

「こんなことをして、ただで済むと思っているのか!?　おまえの父親が黙っていないぞ、姫南！」

ジタバタと暴れる手足を女性たちが必死に押さえつけ、熊谷を床に大の字に固定する。

深夜の大学の研究室。周囲に人気は少ないけれど、まったく誰もいないわけではない。

熊谷先生の子どもがほしい――、そう言ったら彼は素直に研究室で葉巻を吸いながら待っていてくれた。単純な男だった。私がドアを開けたとき、熊谷はブランデーに舌鼓を打ってさえいた。私は覚悟を決めた被害者たち十人を連れて押しかけたのです。

ここまで状況を整えるのに半年かかりました。一発の銃弾法が可決されたのが大きな転機でした。

私は熊谷に馬乗りになって、彼の胸に銃口を押しつける。狙いは心臓だ。

無言の私に、熊谷がツバを飛ばす。

「多産は円城寺の本懐であるはずだ！　円城寺家は代々、三人以上の子を産むようにしてきた。多様性。できるだけ優秀な子が生まれるように。一人でも多く！　それは国力や社会経済にも通ずることだ。人口を増やすことが一番の救済なのだ。わたしは間違っていない！　円城寺が、財界が、わたしのバックについているんだぞ！　わたしに手を出せば、どうなるかわかっているのか、貴様ら！」

最後は周囲の女の子たちにも言っていた。だけどそんな恫喝でひるむような気弱な子は連れてきていない。私だって伊達に円城寺で帝王学を学んできたわけじゃない。人心を掌握する術くらい弁えてる。カラクリさえわかれば、脱洗脳することも、さらなる洗脳で上書きすることも可能でした。

そう、洗脳――。なんていう卑劣。高校を出たばかりの右も左もわからない子たちに、社会はこうあるべきとすり込んで。女性は子を産むだけがすべてとすり込んで。

まるで現代の日本の不況は、女性が子を産まなくなったことが原因だとでも言うように。

許せない――。

燃え上がる怒りが全身からみなぎり、引き金に指をかける。

「や、やめ、ろ……」

熊谷はその老いた顔を醜悪に歪め、命乞いをする。

「わたしは間違っていない……女性が子を産まなければ、日本の人口を急激に増やさなければ、日本は近い将来、必ず崩壊する……！　あの恐ろしい未来を見てきただろう？　授業で教えただろう？　多産は国是だ、国家が推奨する理念なのだ」

嘘だ。

「原初に立ち返りなさい……！　女性は子を産むことが本懐であり、それは神秘的な聖なる行いだ。なぜ自然宗教の多くが、女性を女神として祀っていると思う？　子を産むことは神の行いだからだ。それは神聖で、素晴らしく、尊い行いなのだ……！　わたしも、おまえたちも、みな母から産まれてきただろう……！　母こそが、母親になることが、社会を救う力となるのだ。日本経済を復活させ、貧乏から脱出するには、一人でも多くの子を産むしかないのだ……！　なぜそれがわからんっ！」

くだらない妄執《もうしゅう》ね……。

少子化が日本経済を崩壊させる、というのは真っ赤な嘘。

きちんと調べれば、経済成長に必要なのはイノベーションで、世間に流布されている『人口減少＝経済マイナス成長』説が欺瞞だとわかる。日本の人口は2007年を境にたしかに減少の一途を辿っているけれど、一人当たりの所得はむしろ増えていて、裕福になっているはず。でも実際にはそうなっていないのは、格差社会のせいにほかならない。一部の人間が富を独占し、その他大勢を奴隷扱いしているせい。

そう、円城寺が長年行ってきたように。これからも続けようとしているように。

「おまえのお父さんは、こんなこと、望んでいないぞ……父親に逆らうというのか」

「円城寺は私の代で終わらせる」

妻を『産む機械』としか見なさない悪しき家系。代々三人以上の子ができるのが当然で、私一人しか産めなかった母は『不良品』の烙印を押されていた。なにもさせてもらえず、窓辺で悲しげに微笑む母……。繰り返された不妊治療は徐々にエスカレートし、過激な薬物療法や、外科手術が増え、やがて不可逆的に壊されてしまって、二度と子を産めない体にされてしまった母……。そこまで円城寺に尽くして最後に私を産んで、もう用済みだと言わんばかりの扱いをされていた。私は、ああいうふうになってはならない、と教えられて育っていた。

たくさん子を産むのが、『次世代的な優れた女性』ですって？

ふざけるのも大概にしなさいよ！

「ま、待て！　待ってくれぇ！」

熊谷の必死の命乞いには一切耳を貸さず、私はその心臓を撃ち抜いた。

鮮烈な赤――。私の好きな色。バーミリオン・レッド・スカーレット。それが熊谷の胸を中心に放射状にじわじわと広がっていく。好きな色だからこそ、ここぞというときまで隠しておく。そしていざそのときが来たら、印象深く大きく見せる。これまでのファッションがそうだったように、成人式の衣装でそうしたように。

その鮮烈な赤の衝撃が、被害者の女の子たちの洗脳を解く最後の鍵でした。

迷いや不安があった子たちも、今はすっかり目が覚めた顔をしている。

私はすべてをやり遂げたことを確信して、ほう、と魂まで抜けたような息が出た。

人を殺した。

法律では罪に問われないけれど、一つの命を、他者の人生を奪った。

許されないことね……。

熊谷の被害者の子たちは、私をヒロインと言ってくれるけど、そんなものじゃない。人殺しはただの人殺しだ。それに、ほかにもたくさんの罪を重ねてきた。

自分の命にも、決着をつけなくちゃいけない。

私の好きな花、椿のように。最も輝く盛花の瞬間に、ぽとんっと首から落ちる大輪の花のように。人殺しでありながらヒロインと呼ばれ、薄汚く生き恥を晒すようなマネはせず、潔く絶頂期に朽ちるのが私の終焉。

やはり、最後は友美がいいと思った。

一石二鳥、友美が私を殺すことで、私は罪を裁かれ、友美はイジメの復讐を果たせる。

あの子だけは、私の悪意に気づいている。私への復讐を考えてくれている。うまくやれば、友美はその白い拳銃で、きっと私の心臓を撃ち抜いてくれる。

私は自首して、沈黙しよう——友美が想像力をかき立ててくれるように。

人殺しになった私に天誅を下す、その覚悟が決められるように。

友美は私のことをよく知っていて、私は友美のことをよく知っている。

だけど友だちだからとは言わない。言えない。中学受験に失敗した私は、その腹いせに裏でクラスメイトを操ってイジメを扇動した。たまたまターゲットは友美になったけど、それで彼女の心には癒えない傷がついた。私は友美の心を、人生をねじ曲げてしまった。

罪を償わないと。

私が彼女の手で葬られることで、彼女が新しい人生を、本当の人生を取り戻せますように——。

×　×　×

「全部、あたしのため……？」

あたしまで涙が溢れてきて、鼻水をすするけど、姫南の顔はもうクシャクシャだった。

「ちが……違うの……私はまた、あなたを利用した……あいつを殺して、みんなの気持ちを晴らして、二度と悲劇が起きないようにして、そして……私自身が報われるように、あなたに最後を任せたかった……全部、私の、ワガママ」

ごめんね、ごめんね……。姫南が泣きながら謝る。情けなく鼻水を垂らして、二目と見られない顔で。

ここまで泣かれたら、あたしは苦笑するしかない。泣きながら、苦笑するしかなかった。

姫南のことが、急に愛おしく感じた。

ヒロクンが一歩近寄ってきた。

「友美、中二の林間学校でのハイキング、覚えてるだろ。あのときおまえを庇って、姫南が大ケガを負った」

「うん……」

「あれは姫南の咄嗟の行動だった。足首を痛めていたのに、自分を犠牲にして、おまえを助けたんだ……あれも、腹黒い行動だと思うか？」

「……うるさい」

視界が涙でぼやけた。あたしは——それを考えないようにしてきた。思い出さないようにしてきた。姫南は悪党だと、そう自分に言い聞かせてきた。じゃないと、姫南を悪者にしないと、自分を保てないように思えたから。

姫南に銃口を向けたのも、本当は復讐が目的なんかじゃない、サイコパスな彼女から社会を守るためなんかじゃない。そんなのは全部、あたしが自分についた嘘。

大学推薦の校内選考で落ちたのも、姫南の嫌がらせなんかじゃない。あたしの実力で推薦が取れなかっただけのこと。それを、姫南のせいにしたって話で。

中一のときの、イジメでひねくれてしまったあたしの性根が、元に戻せなかっただけのことで。

あたしは、本当は――。

全部、水に流したかったんだ。

姫南と、本当の友だちになりたかったんだ。

自分の気持ちに正直になれたら、涙がポロポロと転がり落ちた。

「ずっとあたしと友だちでいて……週末には一緒に買い物に行って……好きな人ができたら相談に乗って……あたしの気が済むまで。そうしてくれないと、許してあげないんだから……！」

「友美ぃ……！」

「姫南……！」

あたしたちはひっしと抱き合って、大声を上げてわんわん泣いた。

×　　×　　×

夕日が水平線に沈んでいく。マジックアワーの鮮やかなグラデーションが空を彩っていた。

泣き笑いする二人から離れ、俺は胸をなで下ろす。

姫南は友美に撃たれて死ぬつもりだった。友美への謝罪のために、殺人者となった自分を罰するために。

しかし同時に、死にたくないとも思っていた。生きて、やり直したいと。だから俺をここに呼び出した。自分を、友美を、止めてもらうために……。倒錯した感情だが、人は皆、希望と絶望のあいだで揺れ動く。

乾いた砂浜を踏みしめて、夕闇に暮れなずむ海を見た。

一発の銃弾法が施行されて、まだそれほど経っていない。これからも様々な問題が起きるだろう。民営党は、さらにいくつもの奇妙な法律を考え、この実験都市で試していくだろう。やがて日本全国に適用・拡大されるだろう。

果たして日本はどうなってしまうのか……。

俺は沈みゆく太陽に銃口を向けた。

夜が来る。それでも俺たちは、生きていかなきゃいけなかった。

7人目

銃弾

芳賀寛之

二〇一一年三月十一日。

狭い校庭に数百人が集まっていたが、俺は全員を否定した。

「ここにいたら、みんな津波に飲み込まれるよ。早く裏山に逃げなきゃ！」

しかし五十がらみの担任教師は顔を真っ赤にして、

「ダメだ。規則で決まってる。地震の際はうちの学校が避難所になって、全員ここに集まること。区域別に割り振られたスペースで指示を待つこと。それがうちのルールだ」

「でも、死んだ祖父ちゃんが言ってたんだ、先生。絶対裏山だって。ここより裏山のほうが高い位置にあるじゃん。どうして今にも津波が来ようってときに、こんな低い位置に留まってなきゃいけないんだ。こんなの、絶対おかしいよ」

「うるさい。いいから黙って従え！」

担任は怒鳴って、校庭のほうを指さした。

「自分のスペースに戻って、家族と一緒に座って待ってなさい」

「なにを待つって言うんだよ。ここで大津波に飲み込まれるのを、座って待ってろって言うのかよ」

「聞き分けのない子だな。いつもはおとなしいのに」

聞き分けがないのはどっちだ。天地がひっくり返ったみたいな、あれだけ大きな地震だったんだ。

俺の家も一部崩れたし、ここまで来るあいだにだって倒壊した建物をたくさん見てきた。道路も割れ、電柱も折れて。怪我人だって大勢出てる。津波もとんでもない高さになる。用心して一番高い場所へ逃げるべきだ。

「みんな！　ここにいたら死ぬぞ！　早く裏山に逃げろ！」

「ヤメロ！、混乱を招くようなことを言うんじゃない！」

担任は慌てて俺を取り押さえ、口を塞いだ。

「皆さん、子どもが不安になって騒いでいるだけです。気にしないでください」

くそ、力じゃ大人に敵わない。小学生。俺は自分の無力に歯がみした。

「どうしたんです。うちの子を離してください」

両親が心配そうに近寄ってきた。先生はパッと手を放して、

「勘違いしないでください。ヒロクンが規則を無視して大騒ぎするものですから」

俺は普段から、本を読んだり、勝手に自由研究をやっているような理系少年だった。親族は俺のことを、将来は研究者だなと言っていて、クラスでもおとなしくて、手が掛からない子だと見なされていた。

「お父さんからも言ってやってよ。祖父ちゃんが、大きな地震があったときは絶対に裏山に逃げろって言ってたんだ。こんな低い場所じゃ飲み込まれちゃう」

「それは俺も聞かされて育ったが……」

父は腕を組んで小首を傾げた。父は四十をいくつか過ぎていたが、これまでの人生で裏山に逃げるほどの大きな地震には遭遇したことがないようだった。

「今回の地震は、マグニチュードいくつでしたっけ」

父が先生に聞いた。

「6って速報が出てます」

「その程度なら、大丈夫じゃないか？」

父は片眉だけ上げて俺を見下ろした。俺はうんざりしたように首を振った。

「そんなはずないよ。計測が間違ってる。体感だと7以上、8くらいじゃないかって思う」

父や先生は吹き出した。

「まだ十歳の子どもが、体感で計りますか」

「いいか、マグニチュードが8ってのは滅多にないことだぞ。九十年前の関東大震災クラスだ。それが今起きたっていうのか」

困った子だな、と父も信じてくれなかった。母だけが膝を折り、俺の肩に手を置いた。

「ところで校長先生はどこでしょう。さっきから見えないんですが」

「ああ、校舎にある震度計を見に行ってるんですよ」

校舎に震度計を設置するのは、地震や津波が多い地域に限定される珍しいことだと、俺はあとになって知った。

「それにしても、遅いな……ああ、来ました。校長、どうでした」

禿頭の校長はなにか思い出そうとするかのように、小首を傾げて、後頭部をぽりぽり掻きながら近寄ってきた。

「震度計ねえ、なんか壊れてるみたいで」

「え、壊れてる？」

父が顔色を変えた。校長は「いやいや」と両手のひらを向けてきて、

「まあ古いやつですからね。いい加減にガタが来たんでしょう」

父は深刻そうな顔で押し黙り、母と目を合わせた。いくら古いとはいえ、震度計が破壊されるほどの地震とは……。聞いたこともないだろう。

腕時計を見て、父は唇を噛んだ。まもなく津波が来る。もしこれが、計測すら許されないほどの巨大地震だった場合、この程度の標高で助かるとは到底思えない。

父は頭を抱えたが、決断は潔かった。

「万が一のためだ。裏山に逃げていなさい」

「――はい」

「ちょっと芳賀さん、そりゃ困りますよ。一人でも規則を破るようなことを許すと、収拾がつかなくなる。なんのために規則があるかわかってるんですか」

慌てて詰め寄る先生に対して、父は胸を張って答える。

「規則は守るためにある」

「そう、そうですよ。規則は守るためにあるんです」

「違う、規則ってのは人を守るためにあるんだ。規則を守るために規則を守ってたんじゃ世話がない。

少なくとも俺は親父に、そう教わった」

堂々と言い切る父は、俺のヒーローだった。そして昨年に亡くなった祖父も、たくさんの教訓を残してくれた。

「いいか寛之、よく覚えておけ。世の中には様々なルールがあるが、いずれも人を守るために作られたものだ。しかしルールを作るのは神じゃない。いつだって不完全な人間なんだ。時代に合わなくなったり、想定外の事態には、逆にルールが足枷になってしまう。そんなときは、思い切ってルールを破ることも必要だ。ルールがルールだから守るんじゃなく、人命を第一に守れるように考えて動け」

行け、友だちを連れて裏山に逃げろ——。

俺は頷き、脱兎のごとく駆け出した。巨大な津波が来る、ここも飲み込まれるぞ、みんな裏山に逃げろ——。喉が張り裂けんばかりに叫んだ。仲のいいクラスメイトを急き立て、一心不乱に裏山に駆けていく。邪魔する大人の手を掻い潜り、脇目も振らず、草地を踏みしめて斜面を駆け上がる。

最後に振り返ったとき、父や母は、先生やほかの保護者たちとまだ揉めていた。後ろ髪を引かれる思いだったが、俺は振り切るように前を向き、ひたすら足を動かした。大丈夫だ、と自分に言い聞かせて。父や母や、先生たちは、きっとあとから来てくれるのだと。

裏山をできるだけ高く登っていく途中、また地鳴りが響いた。俺や友だち数人は危うく斜面を転がり落ちそうになったが、どうにか体勢を整えた。そして見晴らしがいい場所から町を俯瞰する。

だがそこにあったのは町ではなかった。荒波に飲み込まれる瓦礫の山だった。想像を絶する巨大な津波は、のたくる黒い水蛇に似ていた。怒濤の軍勢だった。すべてを洗い流し、渦巻き、破壊し、連れ去っていく。海には龍神様が住んでいる、と祖父が言っていた。巨大な地震が龍神様を目覚めさせてしまったのだ。ちっぽけな人間にはどうすることもできない、圧倒的な自然の脅威を目の当たりにした。

のちにマグニチュードは上方修正された。8を超えるマグニチュードは〝頭打ち〟という状態に陥り、それ以上の数値が出せなくなるのだ。巨大すぎる地震は計測も困難極まる。今回は上方修正が一度では済まず、都合四回目の発表値でようやく止まった。

震源地の本当のマグニチュードは9。

日本観測史上最大。世界でもここ百年で四位に入る超巨大地震だった。

俺の両親は今も行方不明だ。

×　　×　　×

「おじいちゃんはいつ死ぬの？」

祖母に似た、屈託のない花の笑顔で聞いてくる孫の紅咲《くれさ》に、俺は言葉を返せなかった。紅咲も悪気があるわけではないのだ。今年で六歳、小学校に上がったばかりの孫の素直な質問に俺の息子である秋空《あそら》は焦った。

「なんてことを言うんだ。紅咲、そんなこと言っちゃいけないよ」

だが紅咲は困惑し、自分がなぜ怒られているのかわからないようだった。

「親父、すまんな」

「いいさ。仕方あるまい。まだ死の概念が理解できていない年齢だ」

「ほら、紅咲。おじいちゃんにごめんなさいだ」

「……ごめん、なさい」

無理やり謝罪させられて、納得がいっていないふうだった。俺はそんな紅咲の頭を撫でる。できるだけ優しく。紅咲は隔世遺伝なのか姫南によく似ていた。

俺が死ねば部屋が一つ空く。紅咲はその部屋を受け継ぐ。自然な流れだ。おそらく人類の歴史はそれの繰り返しだった。しかし、終わりが見えているこちらとしては、なんとも言えない寂寥感《せきりょうかん》に満たされる。

俺は六十五歳の老齢に差し掛かっていた。

安楽死まで残り一年を切った——。

◇

一発の銃弾法が様々な混乱を招いたのち、俺は結局、姫南と付き合うことにした。最初の殺人者となってしまった彼女を、そばで支えたいという気持ちからだった。熊谷次郎を殺害した姫南は最初、私はヒロクンに相応しくないと遠慮していたし、友美と付き合えばいいのにとも言っていた。だが友美は俺のことを、ロボットか朴念仁にしか見えないとスッパリ断り、姫南を支えてやってねと微笑んで応援してくれた。

俺と姫南が籍を入れたのは二十七のときだった。

俺は三十過ぎまで研究職を続け、やがて起業していた女性社長の姫南を支える片腕となった。姫南は大学在学中から起業家としての才覚を発揮し始めて、スマホアプリを使った家庭でできる金融テクノロジーいわゆるフィンテック関連の事業を興したり、商品開発で困っている人のコンサルタントや、財界人としての広い人脈を活用したマッチングを得意とした。熊谷の件で知名度が抜群の姫南が、ビジネスパーソンとしても円城寺の名に劣らぬ才気を発揮するとなれば、成功は約束されたも同然だった。とはいえ本人は、円城寺の家を毛嫌いしており、常に距離を置いていた。結婚してからは俺の姓を名乗るようになった。

一方で、その間にも民営党は奇抜な法案を強行採決し続けた。

まず少子化対策・経済格差是正のために、重婚が許可された。ドクタージローこと熊谷次郎が主張していた内容が実現したわけだ。ただし、どちらか片方は未婚ないし離婚済みでなければならない。この法案の話が出たとき、姫南は友美と重婚してと頼んできた。友美ならいいというのだ。あなたも高校時代、友美が好きだったでしょと来た。俺は断固として拒否した。

その一方で独身税がかかり、子どもができるまで免除されない仕組みができた。

また経済活性化と税収確保のため、相続税が一律九十パーセントに。

さらに富の再分配を進めるため、貯蓄税というものもできた。すべての口座とマイナンバーが紐付けされ、累進制で課税される。つまり貯金するほど税金で取られてしまうのだ。デジタル管理のため、現金でタンス預金しておけばいいという意見もあったが、デジタル化が進み過ぎた現代で、さらにベーシックインカムが整備されている現状、現金での貯蓄は管理の手間ばかりが掛かってムダだった。泥棒を喜ばせるだけだった。デジタル暗号も発達したからハッキングは困難で、おとなしく口座に預けて貯蓄税を払っていたほうが安心だった。海外口座にも税を課して他国に逃がさないように徹底した。

四十年も経てば、仲間内から鬼籍に入る者も出てくる。

最初に逝ったのは肉体派の班長・剛田隼人だった。晴れて警察官となった彼は、数年後、日本を震撼させた連続殺人事件の犯人を追い詰め、逮捕に成功するが、反撃で受けたナイフが大腿動脈を傷つけており、救急車で搬送されたものの、途中で心停止し、そのまま帰らぬ人となった。享年三十五歳だった。残された息子が警官になろうとするのを、妻のエリちゃんは終始反対したが、結局班長の息子は警官になった。

班長が抜けたあとのスーパーセンター『トライアングル』で主任として働いていた元不良少女・橘瞑花は、離婚と再婚を繰り返したのち、また新しいウイルスに伴う流行病に罹患した。軽症だったから油断していたら、一晩のうちに重症化してしまった。最後まで喫煙を続けていたから肺がボロボロだったのだろう。享年四十二歳だった。

ファッションデザイナー兼アパレル経営者となった篠原友美は、海外で商品の買い付けを行っているときに運悪くテロに巻き込まれて命を落とした。仲間内で唯一、生涯独身を貫いた。享年五十五歳だった。

なにかとトラブルメーカーなガリ勉メガネ・ミエハルこと見江海晴は、どうにか司法試験を突破して弁護士になる夢を叶え、企業系専門となって国内外での交渉に精力を尽くしたが、都合八回目の犯罪沙汰に巻き込まれ、海外を股にかけて逃亡しているうち、南アフリカを最後に連絡が途絶えてしまった。

長く生きていれば、人生様々な事件に巻き込まれる。新型ウイルスによる新国際関係の構築と、それに伴う社会情勢の劇的な転換。より一層のデジタル社会化。人工知能の発達によって人に求められる仕事の変化。そしてあらゆる問題を考慮に入れた民営党による突拍子もない社会実験とその全国施行。平凡な人生など、もはや誰にも当てはまらない。

妻の姫南は、民営党が新しく定めた奇妙な法律『安楽死法』によって命を奪われた。享年六十五歳だった。それが政府の定めたフクツマ県民の寿命だ。六十六歳まで生きようとすると犯罪者として逮捕されてしまい、強制的に安楽死させられる実質死刑となってしまう。俺も、残された時間は少ない。

老人は速やかに、若い世代に席を譲らなければならない。

また重要なのが『安楽死法』と共に制定された『生前死亡給付金制度』だ。

生前死亡給付金について、順を追って説明すると、まずあらゆる仕事の定年が六十五歳に制定された。人はその一カ月前に人間ドックで短期入院し、全五十項目の精密検査を受ける。そこで『良好』と判断された項目ごとに百万円の給付金を得られる。

つまり完全に健康体であれば、五千万円の給付金を誕生日に受け取れて、安楽死までの最後の一年を豪勢に暮らせるのだ。

これは人々がより健康に過ごすことを促進する制度でもあり、安楽死によって早期に旅立つものへの餞別でもあった。

相続税は変わらず一律で九十パーセントであるため、使い切ることが推奨されている。当然、金額によっては一人が一年で使い切れないので、家族や友人に豪勢に振る舞ったり、どこかに寄付するのが美徳とされていた。死にゆく者が最後に残す善行でもあるわけだ。

しかし、それは老齢まで健康でいられたらの話だった。自分の体を顧みずに不健康に過ごしたのであれば、給付金は他者に恵むほどには得られなくなる。

俺がいい例だった。俺は若いころから仕事をやり過ぎて、五十歳を超えたときには体がボロボロだった。その直後に『安楽死法』と『生前死亡給付金』の話が具体化してきたが、老齢が健康を取り戻すには十年は短かった。むしろ健康状態はさらに悪化した。

人間ドックでの精密検査の結果は芳しくなく、『良好』判定が出たのはわずか二項目だった。つまり給付金は二百万しかもらえない。いくらベーシックインカムがあるとはいえ、二百万では自分の分だけで精一杯だ。

多額の臨時収入を期待していた息子の落胆は大きい。俺たちの息子はビジネスの才能に恵まれなかった。多額の財産を築き上げた姫南と俺だが、相続税九十パーセントによって残りカスしか息子は恩恵を受けられない。俺と姫南が死ねば、これまでの裕福な生活が一変してしまう。

もはや息子は、父である俺のことを用済みであるような、そんな目を向けてくる。どうせ大した金も残せないのだから、さっさと死んでくれないかと言わんばかりに……。

――おじいちゃんはいつ死ぬの？

安心しろ、紅咲。おじいちゃんも、もうすぐ死ぬよ。

なにも買ってやれなくて申し訳ない……。

◇

墓の掃除を終えると、花を添えて、線香を立てた。俺はやがて自分も入る墓石に向かって両手を合わせ、拝んだ。姫南の一周忌だった。彼女は自分の命を引き延ばしたりはせず、最短コースで安楽死の施術を受けた。天国で謝らなければならない人がたくさんいるし、友美に会いたいと言った。それが最後の言葉になった。俺には言葉もなく、ただ若いころのように、優しく手をつなぎ、花の笑顔を向けてきた。

俺もすぐ行くよ。

うん。

しかし一年も待たせている。安楽死の施術は六十五歳の誕生日から一年未満となっているので、タイミングによっては同級生の一周忌に生きたまま参加できた。

息子たちは先に帰らせ、俺は墓石と向き合った。死が目の前にある。六十五歳。皺は増え、節々が痛む。毎日いくつもの薬を飲まなければならない。俺も長く生きた。しかしまだまだ生きられたはずだった。

近くで足音がして振り向いた。俺と同年くらいの老人がいた。姫南の葬式で見た顔だ。ダメイケメンだった若いころが脳裏に浮かぶ。

「アキラか」

「いよっす、ヒロクン。はっはっはっ」

老紳士の服装ながら、少年のように気軽に挨拶してくる。変わらないな、こいつは。苦笑するが、救われたような気持ちにもなる。まだ第三班は俺一人ではない。

「姫南も、おひさ」

アキラが花束を添え、線香を立てた。そして何事か拝んだ。ややあって顔を上げた。

「余生は楽しめてるかい」

「そういうおまえはどうだ」

アキラは必ずしも勉強ができる男ではなかったが、語学とコミュニケーション能力には非凡な才能があり、外交官として海外を飛び回っていた時期もあるほどだ。

いつだっておちゃらけたピエロみたいなやつだが、社会に出てしっかり者の妻に恵まれ、今では孫が二人いると話していた。

「第二の人生を始めるには、定年後一年で安楽死ってのは短すぎっすからね。やることといったら、昔を思い出すばっかりっすよ。初めてヒロクンに会った日とか」

アキラは遠い目をした。もう五十五年も前になる。大津波後の新しい避難所で俺やアキラ、班長は出会った。なんとなく気が合い、行動派の班長に引っ張られる格好で、子どもながらに自警団みたいなことをしていた。

そして三人とも同じ中学に入り、中二の林間学校を経て第三班の仲よしグループができた。ツラいことだってたくさんあったはずなのに、楽しい思い出ばかりが湧いてくる。

「おいらも姫南が好きだったんだけどなあ。はっはっはっ。やっぱりヒロクンに取られちゃったか」

「まだ言うか」

何十年も聞かされている。

「だって、あの林間学校のハイキングから、そういう雰囲気があったもん。どうにか俺が入り込む余地ないかって探したけど、ヒロクンと姫南のあいだには誰も割って入れなかったよ」

「俺はどちらかというと友美に気があったんだけどな」

「友美は誰にも恋愛感情なかったよね。あれって、むしろ姫南に対して同性愛だったんじゃねえかなって思うんだけど」

「ああ、言われてみれば、その可能性があったな」

五十年目の新しい発見だった。とはいえ、友美も姫南も、もういないのだが。

「天国でよろしくやってるっすかね」

その『よろしくやってる』が下世話な性的ニュアンスでうんざりした。

「婆さん同士でか。ゾッとしねえな」

アキラはへらへらと軽薄な笑い声を上げて、神妙な顔つきになった。

「……また考え事してる顔っすね、ヒロクン」

「まあな」

一発の銃弾法についてだった。民営党は数々の奇妙な法案を強行採決し、度重なる実験を繰り返してきたが、その中でも一発の銃弾法は抜きん出て謎めいていた。

そして今もまた、安楽死法という大いに混乱を招く法律が施行されている。医療が発達し、寿命が飛躍的に伸びた現代で、六十五歳で人生に幕を下ろすのは、あまりに早すぎるように思える。俺もアキラもまだまだ若いつもりだし、フクツマ中の老人がそうだろう。だが政府は断固として実行させた。フクツマ籍の議員たちも自ら率先して安楽死の施術を受け、その光景を生配信した。保身ばかり考えるはずの政治家が、ここまで全力で推進するとは予想外だった。

人工知能というブラックボックスの存在感も強く、もはや俺たちが若いころの常識は通用しない。社会はまったく別物へと変貌してしまった。

そう、老人の社会から、若者の社会へと。資本主義の消費社会は、次々と新しいものを生み出しては古いものと入れ替えていく。今はもう、人すらもその枠組みに入れられてしまったかのようだ。多産を推奨され、古くなったら捨てられる……。

「……ヒロクン、トマス・ホッブズって覚えてる？」

「ああ、もちろんだ」

俺とアキラは同じフクツマ大学文学部の出身だ。政治哲学者トマス・ホッブズは課題の一つとして出たことがある。その代表的著作『リヴァイアサン』には俺も思い入れがあった。まずそのタイトルだ。旧約聖書に出てくる海の怪物レヴィアタンは、俺の祖父が言っていた海の龍神様に通じるところがあり、あの大津波を思い起こさせた。

「リヴァイアサンってどんな内容だったたっすかね」

「簡単に言えば、人間は自然な状態では暴力によって他者を屈服させようとするから、社会においてはその暴力の権利を国家へと集約し、理性を持って運営されなければならない――という感じだな」

さすがっすね、とアキラは笑んだ。

「国家と、民営党と、リヴァイアサンを合わせて考えてみるといいっすよ。ヒロクンなら、残された時間をその思索で楽しんで過ごせると思うっすから」

含みのあるようなことを言って、アキラは帽子を目深に被った。なにか政治の裏側を知っているのだろうか。外交官時代に、いろいろな暗部に触れていてもおかしくはないが。

「じゃあ、おいらはもう行きますわ。ヒロクンや、姫南にも会えたし」

踵《きびす》を返すアキラ。俺も腰を上げて、彼のすっかり細くなった背中を見送る。

「ああ、またな」

「うん、また――天国で会いまっしょ。はっはっはっ」

老兵は死なず、ただ去りゆくのみ。

背中越しに軽く手を上げたアキラは、若いときと同じ気安い物腰だった。

この翌日に安楽死したのだと、死後に配送されてきた遺書に記されていた。

◇

俺の終わりも近づいてきた。六十五歳の誕生日から数カ月が経過し、そろそろ安楽死の施術の予約を取らなければならない。俺は市の人工知能にアクセスし、手続きを進めるよう申し出た。

毎日二千人以上が日本のどこかで安楽死を受けていて、全国各地に増設された火葬場はフル稼働している。俺も予約の状況によってはフクツマで受けられず、どこか県外で施術されるかもしれない。

もし予約が取れずに生きたまま六十六歳の誕生日を迎えてしまったら、逮捕されて実質死刑という不名誉を被る結果となってしまう。

せめて晩節は汚したくない。生き恥を晒すくらいなら、という思いの老人は増加傾向にあり、やがて次の世代からは当たり前になっていくのだろうか。

未だに、一発の銃弾法の意味が気がかりだった。どんな理由が、どんな価値があるのか。果たして一発の銃弾法によって社会は良くなったのか、悪くなったのか。その犠牲となった人々は、人生が狂った者たちは、報われたのか。

アキラはトマス・ホッブズとのつながりを仄めかした。民営党がやや強引にも『共通善』のために法案を押し通しているのは理解できる。年金の廃止、重婚の許可、安楽死法——。いずれも普通は反対されるが、現代社会に必要でもあった。だから民営党は無理にでも押し通した。しかし、一発の銃弾法はどうだ。本当に社会に必要だったのか。

俺は目を瞑り、思索に耽る。やがて孫に明け渡す自分の部屋で。

数々の発砲事件を脳裏に巡らせる。一発の銃弾法は犯罪の抑止になったという声も多いが、逆に犯罪を誘発させもした。ミエハルのときのような政治家暗殺未遂や愉快犯の増長など、以前の日本では絶対にあり得ないことだったし、なにかの役に立ったわけでもない。どう考えても不必要な凶悪事件としか思えなかった。あれは政府にとっても誤算だったのではないか。実験は失敗だった……それとも……。

いくら考えても埒が明かない。この問題を本気で解くなら、俺もアキラのように政府の中枢に近づくべきだったか……。姫南と結婚して円城寺と関わりができたから、そこから辿っていけばあるいは真実を知ることができたかもしれなかったが……。俺は結局、普通の市民として生きることを選んでしまったのだ……。

「親父」

「ん？」

いつの間にか、息子の秋空がドアから顔を出していた。眉をハの字にしている。

「みんな怖がってるよ。気をつけてくれ」

「ああ、悪い……」

俺は手に持っていた白い拳銃を、テーブルに置いた。安楽死の施術日が迫っている中、拳銃片手に考え込んでいるのだ。家族から怖がられるのも無理はない。

しかしそれから、俺に向けられる視線にトゲトゲしいものが感じられるようになった。以前にも増して、厄介者を見る目だ。

——親父もさっさと安楽死してくれってんだよな。不健康で長生きしやがって。

老人の頻尿病で夜に起き出してトイレに行く途中、リビングで酔った息子の陰口を聞いてしまったのは不幸でしかない。

若い世代にとって、俺たち老人は邪魔で仕方ないのだ。早くいなくなってほしい——。そういう感情が節々から感じられ、自分が建てた一軒家だというのに居たたまれなかった。もうここは俺の居場所ではないのだ。息子たちに乗っ取られてしまった。

　老人と若者の問題か……。

　俺が十代のときから、老人を邪魔者扱いする風潮はあった。老害という言葉があちこちで耳にされた。未来がないくせに数が多く、現代という常識を理解せずに、時代遅れで自分勝手な論法を振り回す。脳の前頭葉が衰えて理性的な考えができず、感情的に振る舞って周囲に迷惑をかけていると。投票制の民主主義では老い先短い彼らの意見が優先され、日本の未来を担う若者の意見は抑圧された。俺の時代でもそうだった。それがピークに達した今、二倍、三倍の苦汁を舐めさせられているだろう。

　これだったのだろうか、と思う。

　若者に力を与え、老人を牽制する。実際、老人が撃たれた件数は少なくない。

　それから年金の廃止、安楽死法の可決……。政府は老人を切り捨てる覚悟を決めたのか。新型ウイルスの際に欧州の福祉大国が、数多くの老人を見殺しにして福祉の負担を抑えたように。

　そして今、俺が老人となった……。

　子どもたちからも、孫たちからも疎まれ、厄介者扱いされる存在。国から切り捨てられる。必要のない、邪魔者ってわけだ……。

　まったく、苦難の日本を支えたのは誰だと思ってる。会社が立ち直ったのは誰のおかげだ。どれだけの雇用を確保し、どれだけの税金を支払ったと思っている。それで最後は用済みだとでも言うように、家畜のように、殺処分というわけか。安楽死法？　生前死亡給付金？　それで慈悲でも垂れたつもりか。

俺は国の操り人形にはならない、自分の死に様くらいは自分で決める――。銃口を咥え込み、引き金に指をかけた。だがそこで、唐突に理解した。

ああ、このためだったか――。

国家の一員としてその社会契約に縛られて死ぬか、それとも、最後くらいは自らの自由意思に基づいて死ぬか。

まったくもって、国家というのは巨大な怪物、リヴァイアサンだ。個人の力では抗うことなどできはしない。だが一発の銃弾が、わずかな選択肢を用意してくれた。


思い出の海岸で夕日を眺める。何度もここでみんなと遊んだ。何度もバーベキューを楽しんだ。最初の一発がここで撃たれた。妻の姫南をここで救った。プロポーズもここでした。式もここで挙げた。子どもたちや、孫も、ここで遊ばせた。

脳裏に楽しい想い出ばかりが蘇る。

俺も老いたものだ。

いつまでも黄昏れていたかった。

◇

……そろそろ、筆を置こう。

ここまで読んでくれたことに感謝する。

一発の銃弾法や民営党に関する我が半生は以上だ。もちろん想像で補った部分もあるが、概ね正しいはずだ。俺には大切な仲間たちがいて、いずれもが一発の銃弾法によって大きな問題に直面し、それぞれの答えを出した。

本書はこれから時代を作る若者に託す。若者は未来そのものだ。

考えてほしい。あなたなら、一発の銃弾をなにに使うのか。誰を撃つのか、なにを破壊するのか。よく考えてほしい。その結果、なにを得て、なにを失うのか。

本書で取り上げた一発の銃弾の使い道は、数多あるうちの、ほんの数例に過ぎない。

政府の狙いは依然として不明だ。一発の銃弾はなにをもたらし、なにを奪うのか。誰も教えてくれはしない。あなたが自分で決めていく。

せめて後悔のないように。

せめて、俺と同じ使い方はしないように。

そのような世の中にならないように。

若者に、未来を託す。

老兵は死なず、ただ去るのみ。

生きて、生きて、生きてくれ——。

俺は銃口を咥え込んだ。

——バン。

（了）

あとがき

罪様3号

『一発の銃弾』

初稿を書き始めたのは、今から四十年前、まだ吾輩が十代のころだった。

着想を得たのは……、
真夏の高速道路で起こった出来事だ。

当時、週末の東名高速は常に大渋滞。

みんなきちんとルールを守って渋滞をゆっくり進んでいるのに、路肩を走り抜ける悪質なドライバーがあとを絶たなかったのだ。

血気盛んだった吾輩は、常にクルマの中に爆竹を忍ばせていた。吾輩のクルマの横をすり抜けていく悪質なドライバー目掛けて爆竹を投下するためだ。

「パッパパッパパーンパーンパーンパーン！」

小気味よい音が鳴り響く。驚いた悪質ドライバーは急停止する。吾輩はクルマを降り交通ルールを守るように促し渋滞の中に戻すという行為に明け暮れていた。

仲間のひとりが吾輩に語りかける。

「この終わりなき戦いを終わらせる方法を考えようぜ！」

そのとき、
国民一人一人平等に一発の銃弾が入っている拳銃を渡したら……、
その拳銃で人を撃ったとしても罪に問われないとしたら……、
ルールを無視している人たちに向かって銃弾が放たれる！

路肩走行で何十台のクルマの横をすり抜けていくという無謀な行為は怖くできないと思ったのだ。

この稚拙な発想から『一発の銃弾』の執筆が始まった。

いろんなシミュレーションを考えた。

二十歳を超えた国民全員に一斉配布。

一発の銃弾に与えられた特殊な法律。

登場人物の様々な使い方。

『一発に銃弾法』に込められた政府の本当の狙いは……。

そして……、
少子高齢化を見据えた『安楽死法』へ辿り着いたのだ。

一つ一つのパズルを紐解いて完成したのは一年後の二十歳のときだった。

完成した小説は吾輩の仲間うちで楽しむ作品として好評を博した。

この作品を……、罪様1号と呼んでいる。

いつか映像化したいと考えていた吾輩……、
事あるごとに『一発の銃弾』を酒の肴にしていた。

二十一世紀を迎えると……、メディアでも少子高齢化という問題を取り上げる機会が多くなった。

すると、

「一発の銃弾という着想が面白い！　ぜひ映画化しよう」

映画プロデューサーから誘いがあった。

書き上げた当時とではあまりにも時代背景が違い過ぎる。

改めて書き直すことを決意して眠れぬ日々が続いた。

しかし……、どうしても満足できる出来栄えに到達できず映画化はお断りすることにした。

この作品を……、罪様2号と呼んでいる。

それから三年後の二〇一九年一月。

諦めず進化を続けていた『一発の銃弾』がようやく完成した。

喜び勇んで出版社に持ち込んでみたがなかなか色よい返事をもらえることはなかった。
このままお蔵入りさせたくない！
そんな思いで『一発の銃弾』の理解者を求めて彷徨う時間が長く続いた。
捨てる神あれば拾う神あり。
「一発の銃弾をぜひ映画化しましょう」
ホワイトナイトが吾輩の前に現われたのだ。
とんとん拍子で出版も決まった！
四十年間書き貯めてきた思いが結実するときがやってきたのだ。
出版日も確定し装丁ほか、最終仕上げに入った矢先……、
二〇二二年七月八日十一時三十一分ごろ、奈良県奈良市の近鉄大和西大寺駅北

口付近にて、
元内閣総理大臣の安倍晋三が選挙演説中に銃撃され死亡する事件が起きた。

奇しくも『一発の銃弾』に描かれている内容と酷似していた。

出版社、出版プロデューサーと協議し発売時期を変更することにした。

まさか……、このままお蔵入りになるのでは……。

そんな不安を乗り越えて
新成人が誕生する二〇二三年一月。

『一発の銃弾』は世の中に放たれることとなった。

出版への道のりは決して平坦ではなかったことからも万感の思いでいっぱいです。

『一発の銃弾』出版に向けてご協力ご支援をいただいた皆様にこの場をお借りしてお礼を申し上げたいと思います。

本当にありがとうございました。

この国が……、
この世界が……、
少しでも平和で笑顔絶えない世の中になることを心から願っています。

二〇二三年一月吉日
罪様3号

解説

出版プロデューサー・久枝光勝

二〇二二年七月八日、日本列島を震撼させる出来事が起こった。元内閣総理大臣の安倍晋三氏が選挙演説中に銃撃され死亡した事件である。加害者は動機について「特定の団体に恨みがあり、安倍元首相と団体がつながっていると思い込んで犯行に及んだ。政治信条に対する恨みではない」と供述しているという。

本書を読み、この事件を思い出した方も少なくないのではないだろうか。しかし本書は著者が学生時代から構想を練り四十年以上の時をかけて手を加え続けて完成させた作品なのだ。

拳銃や銃弾というものは人を殺せるというその性質ゆえに、時に我々の想像を大きくかき立てる。著者は一発の銃弾を通して現代社会の課題をあぶり出していくが、本書には大きく次の三つのメッセージが込められているように感じた。

1．現代社会で一部や大勢の人に理想とされている法案や思想が、現実となった世界。

実験都市フクツマでは、年金廃止、教育の無償化、妊娠中絶の禁止、安楽死、消費税二十五パーセント、若者主体の社会政策……これらの法案・ルールが現実になっている。

特に印象的だったのはベーシックインカムの導入だ。妻が妊娠したという状況の中、自分はスーパーの仕事を辞めて長年の夢であった警察官の道を目指したいという葛藤を抱える班長に対し、仲間のヒロクンが「ここはベーシックインカムと子育て支援の行き届いた実験都市だ。人生失敗しても、何回だってやり直せる。そういう場所なんだよ」と説得する場面がある。その反面、瞑花は「少しでも裕福な暮らしを求めて」と母親に連れられフクツマに移り住んできたが、ことごとく母親の人間関係に振り回され不安定な幼少時代を送り、非行に走ってしまった。たとえ最低限の生活費が確保されているとしても、人それぞれの生活の基盤がしっかりしていないと誰もが幸せになるとは言い難い結果になることを思い知らされる場面であった。

2．たとえ行動が罪に問われなくても、その行為をした事実や本人の直面している問題がなくなることはない。

姫南は『一発の銃弾法』が可決されてから最初の殺人を犯す。銃を撃って人や物を傷つけたとしても罪に問われないというルールであるが、人を殺めたという事実がなくなることはない。動機が知れ渡り姫南の行動に賛同する者が多数派だったが、最終的には「最初の殺人犯となった姫南をそばで支えたい」とヒロクンが結婚したことを考えると、法を犯したと同じ、もしくはそれ以上の周りからの批判があっただろうと想像する。

ミエハルはお金に困った末、総理大臣暗殺計画に関係することになってしまう。その計画は幸運にも（?）失敗で終わるが、その直後にチンピラに刺され重傷を負う。あれだけ痛い目にあったのにもかかわらず改心にはつながらなかったのだろう、結局お金のトラブルで消息がわからなくなってしまった。

友美はギリギリのところで親友の姫南や自分自身の気持ちを知ることができ、そこから新たな一歩を踏み出すことができた。

結局のところ法律で守られているのは「撃った」という部分だけで、その後の人生の嫌な部分、消したい部分は都合よくは消えないのである。

3．ルールとの向き合い方をまちがえるな。

本書はルールとの向き合い方について、大きな示唆を与えようとしているように感じる。『7人目　銃弾』の章では一部の人間が理想とする偏向的な法律がどんどん増えていることがわかる。そこで紹介されるヒロクンの祖父の言葉はとても印象深い。

「世の中には様々なルールがあるが、いずれも人を守るために作られたものだ。（中略）時代に合わなくなったり、想定外の事態には、逆にルールが足枷になってしまう。そんなときは、思い切ってルールを破ることも必要だ。ルールがルールだから守るんじゃなく、人命を第一に守れるように考えて動け」

この物語では安楽死法が成立するまでに、反対する人間は多くなかったのだろうか。そもそも反対の声は上がっていたのだろうか。この政策・法律はおかしいと思うが自分が声を上げても意味がない。と多くの人が諦めた結果だとしたら……。

少なからず今の日本にもそういう風潮があるのではないか。もし国の法律や政策に対して疑問を感じたとしても、どうせなにも変わらないと声を上げることをしないままだと、取り返しがつかなくなってしまう。

本書は一発の銃弾の使い方を通じて、人生の生き方と死に方を読者に考えさせる。最後にヒロクンを通じて著者は読者にこう訴える。

政府の狙いは依然として不明だ。一発の銃弾はなにをもたらし、なにを奪うのか。誰も教えてくれはしない。あなたが自分で決めていく。

せめて後悔のないように。

せめて、俺と同じ使い方はしないように。

そのような世の中にならないように。

若者に、未来を託す。


きっと本書こそが、著者が社会に撃ち込んだ一発の銃弾なのだ。

一発の銃弾

2023年1月9日　初版第1刷発行

著　者　　罪様3号
発　行　　フォルドリバー
発行／発売　株式会社ごま書房新社
〒102-0072
東京都千代田区飯田橋三丁目4番6号　新都心ビル4階
TEL：03-6910-0481
FAX：03-6910-0482
http://gomashobo.com/

印刷・製本　精文堂印刷株式会社

ISBN978-4-341-08829-3